Cenas brasileiras

PARA GOSTAR DE LER 17

Cenas brasileiras

RACHEL DE QUEIROZ

editora ática

Este livro apresenta os mesmos textos ficcionais das edições anteriores.

Cenas Brasileiras
© Rachel de Queiroz, 1994

Diretor editorial adjunto	*Fernando Paixão*
Editora adjunta	*Carmen Lucia Campos*
Coordenadora de revisão	*Ivany Picasso Batista*
Revisão	*Camila Zanon*
Colaboração na redação dos textos	*Malu Rangel*
ARTE	
Capa	*Paulo Cesar Pereira dos Santos*
Editora	*Suzana Laub*
Editor assistente	*Antonio Paulos*
Ilustrações internas	*N. Reis*
Editoração eletrônica	*Studio 3 Desenvolvimento Editorial*
	Eduardo Rodrigues
Edição eletrônica de imagens	*César Wolf*
Criação do projeto original da coleção	*Jiro Takahashi*

CIP-BRASIL. CATALOGAÇÃO NA FONTE
SINDICATO NACIONAL DOS EDITORES DE LIVROS, RJ

Q47c
9.ed.

Queiroz, Rachel de, 1910-2003
    Cenas brasileiras / Rachel de Queiroz ; ilustrações N. Reis. - 9.ed.
Rio de Janeiro : Ática, 2002.
    128p. : il. -(Para gostar de ler)

ISBN 978 85 08 08320-6

1. Crônica brasileira. I. Título. II. Série.

09-0047.   CDD: 869.98
                                        CDU: 821.134.3(81)-8

ISBN 978 85 08 08320-6 (aluno)
ISBN 978 85 08 08321-3 (professor)
CAE: 219065 - AL

2022
9ª edição
18ª impressão
Impressão e acabamento: A.R. Fernandez

Todos os direitos reservados pela Editora Ática
Avenida das Nações Unidas, 7221 – CEP 05425-902 – São Paulo, SP
Atendimento ao cliente: 4003-3061 – atendimento@atica.com.br
www.atica.com.br

IMPORTANTE: Ao comprar um livro, você remunera e reconhece o trabalho do autor e o de muitos outros profissionais envolvidos na produção editorial e na comercialização das obras: editores, revisores, diagramadores, ilustradores, gráficos, divulgadores, distribuidores, livreiros, entre outros. Ajude-nos a combater a cópia ilegal! Ela gera desemprego, prejudica a difusão da cultura e encarece os livros que você compra.

EDITORA AFILIADA

Sumário

As crônicas revelam minha biografia 7
Mationã 11
Seca 16
Mimiro 20
História 25
O viajante 29
Um punhado de farinha 34
Amor 37
Os filhos que eu nunca tive 40
Neuma 46
Simples história do amolador de facas e tesouras 50
Bogun 54
Quaresma 57
História da velha Matilde 61
Crime perfeito 64
Conversa de menino 68
O barco 72
Metonímia, ou a vingança do enganado (drama em três quadros) 75
Um caso obscuro 84
Amor à primeira vista 89
O padrezinho santo 92
Conto 96
Menino pequeno 103
História alegre 107
O menino que morreu duas vezes 111
A árvore da ciência 118

Conhecendo a autora 123

Referências bibliográficas 127

As crônicas revelam minha biografia

Rachel de Queiroz

Eis aí um punhado de crônicas — gênero literário que quase se poderia dizer que é peculiar à literatura brasileira. Pelo menos, é voz geral que a crônica, tal como a fazemos aqui, é realmente coisa nossa. Sou uma contumaz usuária do gênero, só na "Última página" da revista *O Cruzeiro* fiz crônicas durante trinta anos cravados: do início de 1945 até quando a revista fechou, em 1975.

Será talvez a crônica o gênero literário mais confessional do mundo. Pois o cronista, quase invariavelmente, tira o tema dos comentários que faz do seu próprio cotidiano, ou do assunto do dia no país, na cidade, no seu bairro. Até da sua casa, da sua estante de livros. Quando vêm me importunar com a exigência (que eu detesto) de escrever minhas memórias, a resposta que dou é sempre a mesma: quem quiser me saber a biografia, leia as minhas crônicas. Pela data e o local de cada uma, já há uma informação. E tudo que comento, que canto e que exploro, foi tirado de meu dia a dia:

o menino que me trouxe uma flor, o espetáculo de teatro a que assisti, as memórias de infância, as lembranças e apelos do Ceará, sempre me cantando no sangue. E os fatos políticos, já que sou essencialmente um animal político, sempre me interesso apaixonadamente por tudo que acontece nessa área, seja na minha província, no meu município, no país ou no resto do mundo. Também os sentimentos, angústias e esperanças, alvoroços de coração, saudades, perdas, promessas, e alegrias, tudo isso aparece na crônica, aberta ou disfarçadamente — compete ao leitor inteligente desvendar nas entrelinhas. Ou constatar na frase aberta.

Nos romances, claro que a gente se desvenda também. Mas há sempre a figura do personagem a mascarar a face do autor e, se na criação romanesca você também pode contar tudo, ou quase tudo, a variedade dos personagens estabelece a necessária confusão, e quase nunca o leitor vai saber se você se retratou na rapariga insolente e predadora, na velha amargurada de más lembranças ou, até mesmo, no personagem masculino que, apesar disso, tem tanto de sua alma. Afinal de contas, alma não tem sexo, dizem os que entendem dessas coisas do outro mundo.

Leiam pois este punhado de crônicas e vão desculpando. O leitor é que assume, realmente, o nosso juízo final.

Cenas brasileiras

Mationã

Ele chegou num avião da FAB, mandado pelos rapazes da Proteção aos Índios, numa derradeira tentativa de salvação. É um dos pouquíssimos remanescentes de uma tribo que se acaba — fala-se em meia dúzia de indivíduos — os turumais. Mationã, o índio, tem uns oito anos; parecia um bichinho moribundo quando o vi pela primeira vez, deitado num leito branco, de uma magreza espantosa, o olhar vidrado, comatoso, um gemido monocórdio lhe saindo da boca chagada de febre, a mãozinha seca feito uma garra de pássaro abrindo-se e fechando no ritmo do gemido. Segurei-lhe a mão e ele cerrou com força os meus dedos. Gemeu mais alto. Sei que saí dali chorando.

No dia seguinte passávamos pelo hospital, vimos luz no necrotério. O doutor ao meu lado calculou que seria o índio. Mas não era. Semana atrás de semana, parecia ainda que seria ele o ocupante da sinistra capelinha; nunca se viu um ataque tão violento de febre maligna num corpinho tão débil. Mas terá sido o interesse apaixonado dos médicos, o carinho das enfermeiras, o hospital inteiro que rodeava a cama do indiozinho como a de um filho predileto? Parecia uma aposta com a morte. E a morte acabou perdendo. Foi-se a febre, foi-se a caquexia — só restaram as escaras enormes, que quase o levam. Verdade que ele ajudava, meu Deus, como ajudava. Ainda imóvel na cama, tomando soro (era a terceira visita que lhe fiz), de repente abriu os olhos, pôs-se a chorar. A princípio só berreiro, mas logo se entendeu o que ele queria:

— Rapadura! Rapadura!

Rapadura era impossível, claro. O doutor sugeriu banana. Mationã imediatamente concordou:

— Banana, banana!

Pensei que fosse delírio da febre, mas qual! Mal chegou a banana, ele, assim mesmo de borco, por causa das escaras, arrebatou a fruta como um macaquinho e em três dentadas a devorou.

E eu, que ao vê-lo ali, cobrando consciência na cama de hospital, cercado de estranhos, atado para não arrancar a agulha das transfusões, imaginara o pavor que ele sentiria, o terror ante aqueles homens e mulheres de branco que só se aproximavam para o furar, apalpar, judiar — que medo imenso deveria apertar o seu coraçãozinho selvagem!

Sim, talvez ele atravessasse essa fase de medo. Mas se a teve, foi curta. Porque hoje não há neste mundo sujeito mais feliz, mais amado, mais eufórico, mais rico, mais contador de lorotas, mais saliente e bem-humorado do que Mationã, o indiozinho turumai. Pelo hospital inteiro ostentando um cocar de penas de galo que lhe fez uma enfermeira, passeia de pijama e sapatos china-pau. Adora dar bom-dia e apertar mãos. Come como uma impingem. Armazena uma verdadeira despensa no criado-mudo. Tem um arco que lhe fez um doutor e a flecha prudentemente é uma longa pena: se fosse coisa mais dura daria em desastre, pois a pontaria de Mationã é mortal. A cama vizinha à sua, na enfermaria, parece um bazar de brinquedos. Todo o mundo no hospital lhe traz presentes. E ele, bom príncipe, distribui uniformemente os "obirigado" e os sorrisos. Aprendeu a cantar e adora rádio. Engordou que ninguém o reconhece. Exigiu que lhe cortem o cabelo à moda da sua terra, em cuia de frade. Estoico até ali. As escaras, ainda cobertas de curativos, devem

doer muito; tanto que ele não se pode abaixar para apanhar objetos. Mas quando a gente indaga: "Dói, Mationã?" Ele sorri: "Dói." E muda de assunto. Não tolera um gesto de hostilidade. Um médico, brincando, deu-lhe uma palmada. Ele fechou a cara, correu para a cama. Foi uma luta fazê-lo voltar às boas. Acabou perdoando, a troco de um presente. Perdoou, mas não entendeu. Inteligente assim também nunca vi. O diretor lhe mostrou uma revista com reportagem sobre índios lá das suas bandas. E ele ia identificando as fotografias, sem um erro: "Calapalo! Bororo!". Nisso descobriu o retrato de um dos irmãos Vilas-Boas. Agarrou a revista, rindo, aos beijos: "Viraboa! Viraboa!"

E conta coisas. Outro dia, os médicos jantavam quando Mationã chegou à sala. Tomou do paliteiro e, na toalha branca, foi desenhando com palitos a taba dos bororos, seus inimigos tradicionais. Um grande círculo fechado com duas saídas. Dentro, uma porção de palitos apinhados — os bororos. Em redor, escondidos no mato, os turumais. Junto a uma entrada, um palito grande, sozinho — "pai". (Mationã tem um orgulho tremendo do pai, que aparentemente é o chefe. Diz que ele é grande, forte, valente, mata bororo com uma pancada só.) Na outra entrada, outro palito: "Pai de pai" — o avô. Mationã descreve numa mímica perfeita: os bororos, descuidados, saem do cercado — pá, borduna neles, bem em cima do nariz, caem mortos. Os outros fecham-se na taba. Mationã põe as mãos nos olhos, grita ui-ui! — são as mulheres chorando. De repente dois bororos saem do cercado. "Fazer xixi", explica Mationã. Os turumais esperam atrás da cerca. Borduna neles, ou flecha. — Terra. Afinal chega a hora do assalto. Gritaria, flechada, porretadas, o chão fica cheio de bororos. Turumais entram na taba e Mationã explica como é que eles com uma das mãos tapam a boca das mulheres, com a outra as agarram pelo pulso e as atiram às costas.

— A gente indaga: "Mas para que matar os bororos, Mationã?"

Ele ri, admirado da pergunta:
— Tomar mulher, ôi!

***

Vem me fazer uma visita. Corre pelo quintal, adora a cachorrinha, dança com ela; mas quando lhe mostro o gatão peludo, ele recua, franze o nariz, procura a palavra em português: "Onça!" Insisto em que é bichinho manso, onça nada, gato! Trago o gato até ele. Mationã estende rapidamente a mão, segura o punho do gato, espreme a pata, as unhas saltam: "Viu? Onça!"
Mostro-lhe uma moça da casa, cabocla do Ceará: "Olha, Mationã, esta moça é bororo!" Ele se interessa profundamente. Vem examinar a orelha da moça, furada, com um brinquinho de ouro. Aí abana a cabeça, rindo:
— Mentira! Bororo nada! Buraco da orelha muito pequeno!
Assim é Mationã, príncipe turumai. E, como diz a enfermeira dele, no dia em que esse índio for embora do hospital, muita gente vai chorar...

[Ilha, maio de 1955]

Seca
·······

Era a hora do almoço dos trabalhadores. Enquanto os homens comiam lá dentro, o fazendeiro velho sentava-se na rede do alpendre, à frente de casa espiando o sol no céu, que tinia como vidro; procurando desviar os olhos da água do açude, lá além, que dentro de mais um mês estaria virada em lama.

Os dois cabras se aproximaram sem que ele pressentisse. Era um alto e um baixo; o baixo grosso e escuro, vestido numa camisa de algodãozinho encardido. O alto era alourado e não se podia dizer que estivesse vestido de coisa nenhuma, porque era farrapo só. O grosso na mão trazia um couro de cabra, ainda pingando sangue, esfolado que fora fazia pouco. E nem tirou o caco de chapéu da cabeça, nem salvou ao menos.

O velho até se assustou e bruscamente se pôs a cavalo na rede, a escutar a voz grossa e áspera, tal e qual quem falava:

— Cidadão, vim lhe vender este couro de bode.

Aquele "cidadão", assim desabrido, já dizia tudo. Ninguém chega de boa tenção em terreno alheio sem dar bom-dia, e tratando o dono da casa de cidadão. Assim, o fazendeiro achou melhor fingir que não ouvira — e foi-se pondo de pé.

— O quê? Que é que você quer?

O homem escuro botou o couro em cima do parapeito e o sangue escorreu num fio pela cal da parede:

— Estou arranchado com a minha família debaixo daquele juazeiro grande, ali. Essa cabra passou perto — não sei de quem era. Matei, e a mulher está cozinhando a carne

para se comer. Agora, o couro — o senhor ou me dá dinheiro por ele, ou me dá farinha.
— E de quem é essa cabra? É minha? Quem lhe deu ordem para matar?

O velho estava tão furioso que o dedo dele, espetado no ar, tremia. E o loureba esfarrapado chegou perto e deu a sua risadinha:
— Ninguém perguntou a ela o nome do dono...
Mas o outro, sempre sério, olhou o velho na cara:
— Matei com ordem da fome. O senhor quer ordem melhor?

Nesse meio, os homens que almoçavam lá dentro escutaram as vozes alteradas e vieram ver o que havia. Eram uns doze — foram aparecendo pelo oitão da casa, de um em um, e se abriram em redor dos estranhos no terreiro.

Aí o velho se vendo garantido, começou a gritar:
— Na minha terra só eu dou ordem! Vocês são muito é atrevidos — me matarem o bicho e ainda me trazerem o couro pra vender, por desaforo! Chico Luís, veja aí de quem é o sinal dessa criação.

O feitor largou a foice no chão, puxou as orelhas do couro, e virou-se achando graça para um dos companheiros: era a sua cabrinha, não era mesmo, compadre Augusto? Está aqui o sinal...

O Augusto veio olhar também e ficou danado:
— Seus perversos, a cabra era da minha menina beber leite, estava de cabrito novo!

Mas o olho do homem escuro era feio e, se ele se assustara vendo-se cercado pelos cabras da fazenda, não deu parecença. O loureba é que virava a cara de um lado para outro, procurando saída; ainda levou a mão ao quadril, tateou o cabo da faca — mas cada um dos homens tinha uma foice, um terçado, um ferro na mão.

Nesse pé o fazendeiro, para acabar com a história, resolveu mostrar bom coração; e gritou para o corredor:
— Menina! Manda aí uma cuia com um bocado de farinha!

Depois, retornando ao homem:

— Eu podia mandar prender vocês, para aprenderem a não matar bicho alheio! Mas têm crianças, não é? Tenho pena das crianças! Leve essa farinha, comam e tratem de ir embora. Daqui a uma hora quero o pé de juazeiro limpo e vocês na estrada. Podem ir!

O homem recebeu a cuia, não disse nada, saiu sem olhar para trás. O outro o acompanhou, meio temeroso, tirou ainda o chapéu em despedida, e pegou no passo do companheiro. O velho reclamava em voz alta — cabra desgraçado, além de fazer o malfeito, recebe o favor e nem sequer abana o rabo.

Os trabalhadores, calados, acompanhavam com os olhos os dois estranhos que marchavam um atrás do outro, na direção do juazeiro, do qual só se avistava a copa alta ali no terreiro. Ninguém sabe o que pensavam; o dono da cabra deu de mão no couro e foi com ele para trás de casa.

Aí a sineta bateu e os homens saíram para o serviço. Passando pelo juazeiro, lá viram a família em redor do fogo, os meninos procurando pescar pedaços da carne que fervia numa lata. Mas o homem escuro, encostado ao tronco, via-os passar, de braços cruzados, sem baixar os olhos. Ainda foi o dono da cabra que baixou os seus; explicou depois que não gostava de briga.

MORALIDADE: Este caso aconteceu mesmo. Faz mais de trinta anos escrevi uma história de cabra morta por retirante, mas era diferente. Então, o homem sentia dor de consciência, e até se humilhou quando o dono do bicho morto o chamou de ladrão. Agora não é mais assim. Agora eles sabem que a fome dá um direito que passa por cima de qualquer direito dos outros. A moralidade da história é mesmo esta: tudo mudou, mudou muito.

[29-6-1966]

Mimiro

Se nome se gastasse com muito uso, o nome de Mimiro já devia estar no último fio. Porque a toda hora, da madrugada às dez da noite, é menino, mulher e homem chamando por ele: "Mimiro, ó Mimiiiirоооô!"

E Mimiro longe. Parece que goza de uma ubiquidade às avessas, isto é, tem o dom de não estar em parte alguma, em hora nenhuma.

A família do garoto é esquisita e numerosíssima. Formou-se, não por via regular de casamento e nascimento, mas por aglutinação. Os dois indivíduos que lhe constituem o núcleo, e são tecnicamente o pai e a mãe, chegaram ao atual estágio através de um longo processo de uniões e separações com outros indivíduos que já desapareceram da história. Junta com esta companheira, larga, fica com os filhos, junta outra vez, larga outra vez, mais filhos, e assim por diante. Por fim — sobejos desses amores curtos mas geradores — temos um pai com filhos de várias mães, uma mãe com filhos de vários pais, que vieram abrigar num só lar (LAR DE PEQUENINA, como diz o letreiro à porta) aquela prole tão heterogênea na origem quanto na cor e no temperamento.

Dito assim, parece confuso. Mas é o seguinte: o nosso amigo Carlindo, de profissão mata-mosquitos, passou por várias experiências sentimentais. Desses amores houve prole. Homem sem sorte, mas obstinado e pai amoroso, foi ficando com os filhos à medida que as amadas se dispersavam. A primeira morreu, a segunda fugiu, a terceira não fugiu mas saiu de casa abertamente, na hora do almoço, por desaforo. Deixou sentado no terreiro, aos berros, entre os pintos e a ninhada de cachorros novos, o filhinho de oito meses.

A quarta experiência de Carlindo foi Dona Pequenina, mulher também de vasto tirocínio e vida acidentada. Essa não usou, no seu caso, a ordem rigorosa dos amores do companheiro. Amou um pouco ao acaso, e seria mais por acidente que por carinho materno que ia ficando com os frutos dessas uniões rápidas. Em geral, quando nascia a criança, há muito que a mãe mudara de ideia e de cavalheiro. Quando, afinal, cansada de tanta incerteza e disposta a arribar em porto mais tranquilo, aceitou a mão e o nome do mata-mosquitos (e deixou que ele, no primeiro entusiasmo, escrevesse "Lar de Pequenina" no frontão da casa), trazia consigo uma récua de crianças, de variadíssima pigmentação. Menino escuro de cabelo liso, uma cabrocha clara, de olho verde e de cabelo duro, criança loura, criança de toda espécie. E entre esses saiu Mimiro. Há de ter sido a geração de Mimiro um dos piores lapsos sentimentais de Dona Pequenina, porque o garoto em casa é assim uma espécie de enjeitado. O padrasto, então, já nem é só padrasto: para ele é madrasta, e das péssimas.

Mimiro chama-se na realidade Casimiro; tem treze anos e aparenta nove: é moreninho tostado, de fala sonsa e rouca, a perna fina, o olhar baixo, de viés. Nunca foi à escola. Diz que não adianta ir, porque é canhoto. Jamais ninguém lhe viu no pé um tamanco ao menos, nem no corpo uma roupa nova. Usa sempre na cabeça uma carapuça de crochê escondendo o crânio coberto de feridinhas teimosas, que têm quase a idade dele próprio.

Mal amanhece o dia, estão gritando com ele. Para dar capim à cabrita. Para subir no morro e ver se o porco fugiu do chiqueiro. Para apartar os meninos menores, que estão brigando. Para deixar as crianças em paz. Para dar uma carreira na venda. E de vez em quando o padrasto muge feroz:

— Mimiro, moleque dos diabos, dou-te uma surra!

Se conseguem resultado nos chamados, ninguém sabe. Talvez o chamem só por amor da arte, ou por amor do nome. Porque a resposta de Mimiro não se ouve nunca. Ele dá a impressão de ser como uma presença imaterial, que existe apenas graças às invocações dos outros. E presença bem maligna, ao que parece. Dia em que está nos seus azeites, leva a cabrita a pastar na Praia do Cocotá, onde não nasce nem erva-rebenta-cavalo. Como é que havia de nascer pasto nas pedras do cais? Amarra a desgraçada no pé de oiti da arborização da Prefeitura, ensinando-a assim a roer casca de pau, que até parece bode cearense em tempo de seca. Na hora de beber, Mimiro puxa a cabrita pela corda até o mar e empurra-lhe à força o focinho na água salgada. E como o animal recusa, naturalmente, ele explica aos moleques companheiros que a Mimosa há de estar doente, ou então é luxo. Se a gente come de sal, por que a cabra refuga?

Quando está desfalcado de dinheiro, ou com ódio especial do padrasto, assalta os ninhos das galinhas chocas e vai vender "ovos fresquinhos do quintal" aos veranistas da Freguesia ou da Praia da Bandeira. É comércio rendoso, apenas com o defeito de não lhe permitir mercar o produto duas vezes na mesma rua. Só passa em cada uma uma vez. Sim, porque já tem vendido ovos que estão com quinze dias debaixo da galinha. Depois, quando "Seu" Carlindo faz alarido que os lagartos estão lhe comendo os ovos da sua criação de galos de briga, é Mimiro que organiza as caçadas aos lagartos e gambás.

Não briga de agarrado com nenhum outro garoto; sabe-se magro, esmirrado, e as feridas da cabeça são ponto muito vulnerável a qualquer pancada. Quando se sente ofendido ou de ânimo por demais belicoso, chega junto ao adversário escolhido, diz na sua fala rouca o pior palavrão que sabe (e consta que os sabe raríssimos), e sai correndo para longe. Serve-se então da sua arma de arremesso, põe um projetil no bodoque e não perde um tiro. A gravidade das intenções de Mimiro se traduz pela natureza do projetil, que vai desde caroço de milho até pedra de ponta.

Fez inimizade com um seu vizinho distante. A guerra começou por causa de um nome feio que ele disse à senhora desse homem; prolongou-se depois por amor de um frango carijó. Segundo vários testemunhos, Mimiro liquidou à pedrada a triste ave, esquartejou-a com o canivete, dando depois os pedaços a cada um dos cachorros das redondezas. O homem é grande, feio, malcriado. Mimiro entretanto zomba dele. Depois do caso do frango e de vários outros casos menores de hostilidade, estava Mimiro um dia na Praia do Barão, de cócoras, absorto, capando as pinças de um siri enorme, quando veio por trás o seu inimigo e lhe cortou as costas com umas cinco cipoadas de goiabeira. O pequeno deu um berro curto, largou o siri e foi se esconder no mato, ali perto. O homem ainda blasonou:

— Não disse que um dia ainda te apanhava, malandro?

Mas Mimiro parece que jurou vingança. Sei que certa noite, vinha o homem descendo a rua que é mal iluminada e tem dos lados uma vala de mais de metro de fundo, pois o esgoto ainda não chegou até lá. Vinha descuidado, assobiando a cantiga que saía dum rádio, numa casa próxima. De repente soltou um grito, agarrou a coxa com as duas mãos e o sangue logo escorreu na perna da calça clara. Um casal que estava namorando junto do poste correu para acudir. Abriram-se portas com o barulho, foi saindo gente das casas e em breve se formou ajuntamento. O homem não parava de gemer:

— Fui baleado, fui baleado! Até sinto a bala aqui dentro, ardendo como fogo!

Chamaram a Assistência e a ambulância levou o ferido. Mas quando o doutor foi extrair a bala, só achou, bem enterrado na carne, um pedaço de vidro de ponta, um caco de garrafa afiado como um dardo.

Também ninguém tinha visto, na hora do "tiro", a carapuça vermelha de Mimiro emergindo da borda da vala, nem se ouviram os seus passos furtivos enquanto se esgueirava para longe, sem sair da sua trincheira, e com o bodoque na mão.

[Ilha, novembro de 1946]

História

Este caso sucedeu faz anos — doze, quinze, por aí assim. Nesse tempo polícia ainda perseguia terreiro de macumba — que os jornais chamavam então candomblé. Qualquer pai de santo tinha mais entradas na polícia do que um gatuno contumaz. Por isso os de Quimbanda e até os de Umbanda trabalhavam em mistério, no meio do mato, em quebradas de morro; cantavam os pontos em surdina, mantinham nos caminhos espias tão bem treinados que, em geral, quando a cana batia no terreiro, a turma já tivera tempo de fugir, carregando os santos; o mais que os tiras achavam era a cera das velas, ou algum resto de comida ritual num alguidar. E acontecia também que outras coisas ainda mais encobertas se faziam passar por macumba, a fim de aproveitarem a simpatia do povo, que ia toda para os seus babalaôs, médiuns e cambonos, cruelmente perseguidos.

Ora este caso foi um deles. Sucedeu em Anchieta, por onde andava um investigador da Ordem Política, atrás de certo chefe comunista foragido da justiça e que, segundo denúncias, se escondia pelos arredores. Cinco dias rodava o tira por ali, fazendo perguntas, recebendo respostas tímidas, loquazes, desconfiadas, mas todas negativas. Já ele desanimava, já se encaminhava para a estação a fim de tomar o trem, quando viu um carrinho de sorveteiro (era homem gordo e guloso). Parou, comprou uma casquinha; durante a transação, encostou-se à carrocinha um moleque, assobiando. E o polícia, escutando o assobio, quase soltou o sorvete no chão. O demônio do garoto estava calmamente assobiando a *Internacional*! Acontece que aquele polícia era um velho conhecido da *Internacional*. Da última vez em que a ouvira cantar fora num comício da Juventude, na Lapa. Os loucos dos rapazes desciam os degraus do obelisco, fazendo barreira, de braços dados, cantando o danado do hino, e os investigadores então foram atirando, os moços avançando, até que um judeuzinho ruivo caiu, ferido na coxa; só assim, vendo o companheiro tombado e talvez morto, foi que a turma debandou.

Natural portanto que ao som do assobio o gordo se voltasse rápido e indagasse do moleque:

— Onde é que você aprendeu essa música?

Estranha foi a reação do moleque: em vez de responder, virou-se rápido, deu no pé, atravessou a praça como um corisco e se sumiu numa rua lateral. Atrás correu o gordo, fumegando ao sol, dentro do terno de casimira azul. Tomou a rua lateral, só para ver lá ao fundo o crioulinho atravessar uma cerca viva e fugir.

A cerca protegia um capinzal imenso, atravessado por um córrego. Dentro dele o moleque sumira que nem um saci: bicho vivo, ali, só se avistava agora um galo carijó acompanhado de duas frangas, a debicar à beira da água.

O que faz um bom polícia é a sua capacidade de esperar; e o gordo, sentindo que estava na pista certa, instalou-se num botequim da mesma rua e de cujo balcão se avistava grande parte do capinzal. Engraçado é que o crioulinho morava longe; entrara ali, premido pela aflição da fuga. Porém, três dias depois da corrida, mexendo nos seus troços, deu com um papagaio vermelho de papel, e sentiu vontade de o ver navegando pelo céu azul; e, por puro acaso, lembrou-se do capinzal, tão grande e descoberto. Dirigiu-se para lá, levando consigo o papagaio, ou pipa, como o chamava.

O gordo pouco depois voltava do almoço; chegou-se ao balcão do boteco e pediu uma pinga para tirar da boca o sebo da carne-seca. Mais por costume do que por esperança correu os olhos pelo terreno baldio; e o seu coração quase parou de bater ao lhe aparecer o crioulinho, muito entretido, estirando a linha para o céu, os dois braços secos erguidos como se acenasse por alguém. O gordo engoliu o copito e saiu sem pagar (o botequineiro, sabendo quem ele era, nem piou); agachou-se perto da cerca, passou pelo rombo, foi-se chegando quase sem respirar — mas nem carecia desses cuidados. O garoto, coitadinho, tão embebido estava com o seu papagaio nas alturas, que só deu pelo outro quando lhe sentiu no ombro a mão pesada. Aí baixou os olhos, soltou um grito fino, alto — só um. Porque a mão gorda, do ombro lhe passou para a boca. Depois o pequeno se sentiu levantado no ar, e foi carregado até a rua, sem que lhe adiantasse espernear e tentar morder a grossa palma suada.

O gordo chegou ao botequim com a sua carga, resmungou uma explicação — que o moleque era pivete de um ladrão conhecido. Ninguém acreditou — todo o mundo conhecia aquele garoto, que morava com a avó, esmoler na estação — mas também ninguém abriu o bico. Naquele tempo, pior que hoje, polícia podia dizer o que quisesse, todo o mundo se calava. Já andavam de boca em boca as histórias dos "banhos de sol", das "sessões espíritas" e outros divertimentos que se usavam na Central.

Sei que o gordo saiu com o pequeno dentro de um táxi; o que foi feito com o crioulinho para ele dizer onde aprendera a cantiga nunca se descobriu, nos quatro anos que lhe restaram de vida até morrer atropelado por um trem elétrico. Apenas, ao fim da diligência, um repórter escreveu que o menino confessara que aquela música "era um ponto cantado numa macumba que se fazia nos arredores de Anchieta, no rancho de um carvoeiro, isolado no meio do mato".

O gordo não precisava de ser nenhum águia para entender: se a *Internacional* era um ponto cantado, a macumba seria justamente a reunião dos comunas.

Arrumaram uma canoa em três automóveis, levaram o menino para ensinar o caminho e pelas dez da noite pararam o carro ao rebordo da matinha. Saíram a pé, cada tira com o seu revólver na mão e o gordo puxando o moleque com o braço esquerdo. De longe avistaram luz na casa, mas nada escutaram: evidentemente não era dia de reunião. Chegaram perto, espalharam-se, fizeram o cerco. Na sala da frente havia quatro homens. Na cozinha, uma mulher passava o café. Foi ela a primeira a dar com os estranhos e soltou um grito de aviso. Os homens, sentados em redor de um caixote, escutando o grito saltaram, mas já era tarde: na janelinha espiavam a cara feia do gordo e o olho da pistola; dentro da sala, já três tiras armados entravam. O chefe do grupo, que era precisamente o homem procurado, ainda tentou pegar o revólver numa prateleira da parede, mas levou uma coronhada no cotovelo que quase lhe rebenta o braço. E ninguém reagiu mais.

O moleque, enquanto os presos eram escoltados até aos carros, aproveitou a confusão e fugiu. Esgueirou-se no escuro e já era de madrugada quando afinal chegou em casa, quase morto de frio, de medo e de sono.

Meteu-se na cama da avó e, às interrogações assustadas da velha, não respondia nada, ficava calado, calado, mudo. Mais tarde, como a avó insistisse, deu para tremer e gritar que era ver um endemoniado.

E daí por diante, toda vez que alguém o interrogava a respeito da aventura, era assim que ele se portava: primeiro ficava mudo e, quando insistiam, gritava. Podendo, fugia; senão encolhia-se a um canto, gritando até que o largassem.

Com o seu segredo morreu, aos quinze anos de idade, como contei acima, esmagado por um trem elétrico, na estação de Marechal Hermes. Caiu da plataforma debaixo do trem em movimento, ao ver aproximar-se dele, sorridente, como se o reconhecesse, um homem gordo, trajado de azul-marinho, chapéu puxado sobre os olhos, bagana apagada no beiço.

[Rio, maio de 1954]

O viajante

O meninozinho tomou o ônibus na sua cidade do Estado do Rio, onde nascera e se criara, e foi trazido para a mãe a fim de ver a cidade grande nos seus esplendores de Natal. Embora não fosse *habitué* de tais passeios, mantinha-se sossegado e digno, espiando discretamente a paisagem a correr atrás da vidraça. A mãe é que lhe traía a condição de noviço, muito solícita, todo o tempo a apontar, mormente depois que entraram pela Avenida Brasil. Olha a Igreja da Penha! Olha o balneário de Ramos! Olha a ponte do Galeão, filhinho! Olha Manguinhos! E, ou porque não o interessassem urbanística e arquitetura, ou porque lhe desagradassem demonstrações em público, o garoto, em vez de embasbacar para os sítios apontados, olhava de viés a mãe, talvez lhe sugerindo que calasse a boca. Ele afinal não era cego. O que o interessou mais foi o Cemitério do Caju, que ficou a acompanhar longamente, chegando mesmo a ajoelhar-se no assento. O gasômetro também lhe despertou interesse e lhe arrancou uma pergunta — em voz baixa — se aquilo era uma caldeira. E onde é que estava o motor?

Saltaram na Praça Mauá. Tomaram um táxi que os levou à casa da tia, na Avenida Copacabana. Na longa viagem de automóvel, ao atravessar a Avenida Presidente Vargas, ele perguntou se era ali o Maracanã; desiludido, dedicou-se inteiramente ao estudo do relógio do táxi que evidentemente o fascinava. Não quis saber de Praça Paris, nem dos arranha-céus do Flamengo, nem do bondinho do Pão de Açúcar. A mãe, de início, lhe explicara o mecanismo da bandeirada e a marcha dos quilômetros no mostrador, traduzidos em dinheiro. Por brincadeira lhe dissera que ele é que iria pagar a corrida. A cada cruzeiro que aumentava, o pequeno levava nervosamente a mão ao bolso da calça, onde guardava, bem dobradinha, uma nota de cem cruzeiros, que a madrinha lhe dera à despedida para "desmanchar em brinquedos". Ao entrarem no túnel — o relógio estava na casa dos trinta — tão entretido vinha ele com o problema econômico que só deu de si quando já estava lá dentro: a princípio cuidou que passavam por dentro de uma casa — talvez uma estação; o ruído do eco lá embaixo era de fazer medo e a palavra "túnel" que a mãe gritou não lhe significava nada. Ao sair, ressabiado, olhou pela vidraça de trás — e pior ainda lhe pareceu aquele buraco cavado nas entranhas do morro.

Gostou do elevador, adorou. Infelizmente não consentiam que passeasse nele tanto quanto o seu coração pedia. Mas detestou o apartamento. Sentia-se enjaulado ali dentro, topando com uma parede a cada dez passos, sem uma nesga de ar livre defronte do nariz. Talvez apreciasse melhor a vertigem daquele décimo primeiro andar de altitude se o deixassem debruçar-se ao peitoril das varandas. Mal conseguiu, porém, ficar a olhar um momento, ajoelhado numa cadeira enquanto a mãe o sustinha pelos suspensórios. Várias vezes tentou espiar escondido, mas sempre havia por perto um delator. O mais que obteve em paga dos seus esforços foi uma palmada e cinco cascudos.

Interpelado pela tia se não gostava de morar num arranha-céu, respondeu que talvez gostasse se pudesse morar "por fora". É dado a essas frases lacônicas e meio herméticas. Teve várias delas, aqui no Rio. Por exemplo, atravessando o *rush* das seis horas, no Flamengo, tentaram maravilhá-lo

com aquela quantidade prodigiosa de automóveis (veículos a que ele dedicava comovedora paixão).
— Veja, filhinho, tanto automóvel, chega a perder de vista.
Ele indagou se tinha mil. A tia afirmou que positivamente tinha mais de mil — bem uns dez mil. O pequeno abanou a cabeça, descrente: não há nada que seja mais de mil. Até dinheiro só tem até mil. Ele viu a nota e o pai lhe disse que era o maior de todos os dinheiros.
A outra insistiu — pois ali tinha, sim; quem sabe mais, até trinta mil. E ele, com a vista no rio de dorsos negros, deslizantes:
— Pois se fosse só mil, chegava.
Ao mar, em Copacabana, não ligou muito. Já vira mar livre em Cabo Frio. Embelezou-se foi pela boneca que uma garotinha de maiô amarelo levava consigo pela calçada, segurando uma mão da calunga, enquanto a babá segurava a outra. A boneca andava como gente, trocava a passada, e a cada passo movia para um lado e para outro a cabeça cheia de cachos. Isso realmente lhe pareceu uma invenção admirável. Não fosse homem, teria pedido por tudo no mundo uma boneca idêntica. Chegou a pensar — quem sabe? — ficaria mal se pedisse, não uma boneca, é claro, mas um boneco, de calças compridas, fardado de marinheiro... talvez não brigasse com a sua masculinidade... Sugeriu a ideia à mãe, timidamente, com medo de risos. Ela não riu, mas cortou rente:
— Você está doido? Dinheiro para comprar uma boneca dessas dava até para comprar uma bicicleta.
Não é que ela pretendesse lhe dar a bicicleta; falava só para efeito de comparação. Pois ele sabia muito bem — *hélas!* — quão inacessível é uma bicicleta, e assim haveria de entender.
Outra decepção teve ao lhe mostrarem o Papai Noel de carne e osso, na loja. Segundo uns, teve medo do velho. Ele nega, veementemente, o medo. Confessa o desagrado:

— Gosto de Papai Noel é em figura de livro. Assim, com aquela roupa e aquela barba, a gente está vendo logo que é fingido...

***

E da volta não falo porque da estação Mariano Procópio até plena serra, ele dormiu, a cabeça no colo da mãe; o pensamento, só ele e os anjos podem saber onde andava.

[Rio, janeiro de 1954]

Um punhado de farinha

Foi agora, no carnaval. Um bêbedo chegou no botequim-restaurante, meteu a colher de pau na farinheira e jogou na boca uma colherada de farinha. Mas no próprio momento em que levantava a colher, o português do balcão interferiu, gritou-lhe que "respeitasse a higiene". Por causa do susto, ou da pontaria errada, o fato é que a farinha caiu no goto do homem, e quase o matou sufocado. Foi preciso bem um copo de cachaça para desengasgar. E depois, como aparentemente o atacara uma vontade irresistível de comer farinha, o bêbedo, para evitar novo engasgo, mandou encher outro copo de cachaça, jogou dentro um punhado de farinha, misturou e comeu o pirão de colher. Ao acabar, foi dormir na areia da praia e, segundo me contaram, só acordou horas mais tarde, quase afogado pela maré que subia.

***

E esse engasgo com punhado de farinha me recordou uma história que minha avó Rachel contava, passada no tempo dela, há muitos anos. Era assim:
Diz que um velho saiu da sua fazenda para visitar a do filho, três léguas ao nascente. O filho mandou matar um carneiro gordo, pôs o bicho todo na mesa: primeiro a buchada, depois as costelas cozidas, depois o colchão assado. Comida a carne, veio a rapadura, veio o café; e, quando acabou

de tomar o café, o velho enfiou a colher no prato da farinha e jogou um punhado de farinha na boca. Dois vizinhos que estavam na mesa se entreolharam, sorrindo. E o filho, apanhando aquele olhar e aquela risada, ficou grandemente irado e levantou-se do seu lugar:

— Meu pai, o senhor não tem o direito de me desfeitear na minha casa. Se depois de almoçar o senhor ainda tem fome para comer farinha seca, é porque a comida que eu lhe dei não chegou.

O velho se voltou admirado; meu Deus, que maior tolice! Então aquele menino não se lembrava de que ele toda a vida tivera o costume de comer um punhado de farinha quando acabava o almoço e a janta? Era só vício, não era fome. Mas o filho não se acalmava:

— Isso o senhor pode fazer na sua casa. Na minha é desfeita. Mulher! — A mulher veio correndo, assustada com o grito. — Mande matar um frango bem gordo, cozinhe e faça um pirão com dois litros de farinha. E correndo! Traga tudo aqui, já, já, mode meu pai confortar o estômago, que ainda está com fome.

A mulher se benzeu, saiu correndo como viera. O velho foi se levantando da mesa. — Meu filho, que loucura é essa, que foi que lhe deu? Será espírito maligno? Mande selar minha besta que já vou embora.

Mas o filho não escutou nada, pôs a mão no ombro do velho:

— Se assente e espere a comida, senhor meu pai.

O velho aí se agastou, quem era ele para lhe forçar a vontade, se lembrasse que era filho e tinha sujeição. Mas o filho só repetia, branco de raiva:

— Guarde o assento, meu pai. — E então o velho esperou.

Com pouco mais chegou o frango, nadando na gordura, e ao lado a tigela de pirão, feita com dois litros de farinha. Puseram tudo diante do velho, que naturalmente se recusou a comer. Então o filho puxou a faca, espetou a ponta dela na madeira da mesa e obrigou o pai a engolir, senão era sangrado ali mesmo.

O velho, o jeito que teve foi comer tudo. Mas quando se levantou, depois da última colher de pirão, agarrou com as duas mãos a barba branca e amaldiçoou o filho desalmado, pediu castigo do céu para ele. Foi tão medonho que todo o mundo ali ficou arrepiado. Só o filho não se importou: mandou encostar no alpendre a besta que já estava selada e berrou pelo moleque para ajudar o velho a montar.

— Agora o senhor aprende a nunca mais fazer pouco na pobreza de ninguém.

Diz que o velho, quando chegou na casa dele nem apeou da besta: caiu, já morto.

O filho, desgraçado, desde aquela hora em que foi amaldiçoado nunca mais pôde engolir um bocado. Porque repugnava toda qualidade de comida, sua natureza só lhe pedia para comer farinha seca. Mas assim que jogava na boca o primeiro punhado, engasgava e se danava a tossir que era mesmo um desespero. Também durou pouco. Foi esmirrando, esmirrando, até ficar seco como uma vara. Um dia, já não se aguentava de fraqueza, teimou em comer o derradeiro punhado de farinha — e foi aquele que o matou: porque a farinha da goela foi para os bofes, sufocou a criatura por dentro, e com pouco ele estava morto, roxo, com a língua preta de fora. Era ver o enforcado; e o povo diz que é assim mesmo: maldição de pai à força leva.

[Ilha, abril de 1952]

Amor

Outro dia liguei o rádio e ouvi que faziam um concurso entre os ouvintes procurando uma definição para amor. As respostas eram muito ruins, até dava para se pensar que nem ouvintes nem locutores entendiam nada de amor realmente; o lugar-comum é mesmo o refúgio universal, que livra de pensar e dá, a quem o usa, a impressão de que mergulha a colher na gamela da sabedoria coletiva e comunga das verdades eternas. O que aliás pode ser verdade.

Mas a ideia de definição me ficou na cabeça e resolvi perguntar por minha conta. Tive muitas respostas. A impressão geral que me ficou do inquérito é que de amor entendem mais os velhos do que os moços, ao contrário do que seria de imaginar. E menos os profissionais que os amadores — digo os amadores da arte de viver, propriamente, e os profissionais do ensino da vida.

Vamos ver:

Dona Alda, que já fez bodas de ouro, diz que o amor é principalmente paciência. Indaguei: e tolerância? Ela disse que tolerância é apenas paciência com um pouco de antipatia. E diz que amor é também companhia e amizade. E saudade? Não, saudade não: saudade se tem das pessoas, das alegrias das coisas da mocidade, da infância dos filhos. Mas do amor? Não. Afinal, o amor não vai embora. Apenas envelhece, como a gente.

A jovem recém-casada me diz que o amor é principalmente materialismo. Todos os sonhos das meninas estão errados. Aquelas coisas que se leem nos livros da Coleção das Moças, aqueles devaneios e idealismos e renúncias e purezas, está tudo errado. Quando a gente casa é que vê que o amor não passa de materialismo.

Teresinha de Jesus, às vésperas de botar no mundo o seu filho de mãe solteira, responde: "Amor? É iludimento. No começo é dançar, tomar Coca-Cola com pinga, ganhar corte de pano e caixa de pó de arroz. Depois é a barriga e todo mundo apontando, e o camarada sumido".

Semana que vem vai para a maternidade. Quem quiser lhe falar de amor venha, que ela tem uma resposta. Mas impublicável.

Um senhor quarentão, bem-casado, pai de filhos: "Amor, como se entende em geral, é coisa da juventude. Depois de uma certa idade, amor é mais costume. É verdade que tem a paixão com seus perigos. Mas você falou em amor e não em paixão, não foi?"

— E de paixão, que me diz? — Aí ele se fecha em copas. "Deixo isso para os jovens. Velhote apaixonado é fogo. E eu não passo de um pai de família."

A mãe da família desse senhor: "Amor? Bem, tem amor de noiva, que é quase só castelos e tolice. Tem o de jovem casada, que é também muita tolice — mas sem castelos. Complicado com ciúme, etc., mas já inclui algum elemento mais sério. E tem o amor do casamento, que é a realidade da vida puxada a dois. Agora, o amor de mãe... Você perguntou também o amor de mãe?"

Respondi energicamente que não; amor de mãe, não. Quero saber só de amor de homem com mulher, amor propriamente dito.

Diz o solteiro, quase solteirão, que se imagina irresistível e incasável: "Amor é perigo. Só é bom com mulher sem compromissos. Com moça donzela dá em noivado, com mulher casada dá em tragédia. O melhor é amor forte e curto, que embriaga enquanto dura e não tem tempo para se com-

plicar. Aquela história de marinheiro com um amor em cada porto tem o seu brilho, tem o seu brilho".
O pastor protestante diz que o amor é sublimar a atração entre os dois seres, é atingir a mais alta e pura das emoções. Não confundir amor com sexo! E perguntado — sendo assim, por que casam os pastores? Ele responde citando São Paulo: "Porque é melhor casar do que arder".
Já o padre católico não elimina o sexo do amor. Explica que, pelo contrário, o sexo, no amor, é tão importante como os seus demais componentes — o altruísmo, a fidelidade, a capacidade de sacrifício, a ausência do egoísmo. E é tão importante que, para santificar o amor sexual — o amor conjugal —, a Igreja o põe sob a guarda de um sacramento, o santo matrimônio. E ante a pergunta: se tudo é assim tão santo, por que os padres não casam? O padre velho não se importa com a impertinência, sorri: "Nós nos demos a um amor mais alto. Casamento, para nós, seria pior que bigamia..."
E por último tem a matrona sossegada que explica: "Amor? Amor é uma coisa que dói dentro do peito. Dói devagarinho, quentinho, confortável. É a mão que vem da cama vizinha, de noite, e segura na sua, adormecida. E você prefere ficar com o braço gelado e dormente a puxar a sua mão e cortar aquele contato. Tão precioso ele é. Amor é ter medo — medo de quase tudo — da morte, da doença, do desencontro, da fadiga, do costume, das novidades. Amor pode ser uma rosa e pode ser um bife, um beijo, uma colher de xarope. Mas o que o amor é, principalmente, são duas pessoas neste mundo".

[19-5-1962]

Os filhos que eu nunca tive

Bateram no portão, fui ver. O garoto rebocava os outros dois, embora não fosse o mais velho. O mais velho era um crioulinho de ar estonteado sem os dois dentes da frente; calçava umas chuteiras grandes de jogador de futebol, dependuradas como duas bolsas às canelas finas. O segundo garoto era bem miúdo, nos seus nove ou sete anos, ainda chupava dedo e tinha pestanas tão compridas que lhe faziam sombra na cara pálida e bochechuda. Mas o importante era o caudilho da turma — dez, doze anos talvez, quem sabe mais; com esses amarelinhos raquíticos a gente nunca pode dizer. Fala rouca, olhar direto, pequenas mãos nervosas que gesticulavam ajudando a fala, camisa de meia, calça comprida, cigarro na mão.

Quando me viu, atirou fora a bagana, num gesto de cavalheiro. Explicou que não estavam pedindo esmola — mas andavam longe de casa e queriam uns níqueis para o almoço.

— Posso dar os níqueis — falei. — Mas por que vocês não almoçam de uma vez aqui em casa?

Eles se consultaram entre si, acabaram aceitando. Embora o chefe pusesse uma condição:

— Mas a senhora garante os níqueis? A gente precisa da passagem de volta.

O bando de cachorrinhos *Daschund* fazia algazarra ao redor deles. O pequeno pestanudo se apaixonou logo pela cachorrinha Capitu, ajoelhou-se no chão, tomou-a no colo e consentia deliciado que ela lhe lambesse o rosto. O chefe olhou-o condescendente e observou:

— Bati aqui por causa destes cachorros.

— Você gosta assim de cachorros?

O caudilho cuspiu:

— Eu — de cachorro? Não senhora, detesto. Mas casa que tem cachorro pequeno, solto, a turma sempre gosta de criança. Já casa que tem cachorro grande na corrente é pessoal pão-duro, rezinguento.

O pretinho comia em silêncio, de olho no ar, espiando os passarinhos. O gorducho de vez em quando punha escondido, debaixo da mesa, um pedaço de carne para a cachorra. Nisso o telefone tocou, vieram me chamar. Quando desliguei, dei fé de que o chefe da turma abandonara o prato, lá na mesa debaixo da jaqueira, e viera escutar a conversa. Verdade que ao se ver desmascarado teve a graça de corar e desculpar-se como *gentleman* que era:

— Tive medo que fosse telefonema para o SAM.

Contei que não, era um colega de jornal. Eles gostam de jornal. O chefe mesmo já vendeu numa banca, mas quiseram botar uniforme nele, para fingir de pequeno jornaleiro, e ele não é palhaço para andar fardado. E depois não tinha dinheiro para botina e tudo o mais. Só o pessoal internado ganha farda de graça — e vê lá se ele deixa que o internem.

Para provar que sabem ler, leu e obrigou o pretinho a decifrar todos os títulos da coluna de esporte. Gostam muito de esporte também. O crioulinho que se chama Zica espera mais tarde ser goleiro.

— Não vê, ele vai ter altura. Para goleiro o principal é a altura.

Aliás fizeram essa viagem para dar uma espiada na concentração do Vasco, mas acharam tudo fechado. Depois a fome apertou e eles resolveram arranjar uns níqueis e comprar uns sanduíches de mortadela.

— Gosto de mortadela com cerveja, mas os homens só vendem cerveja à gente quando se traz o casco e diz que é para levar em casa.

Assim mesmo sofisticado, comia com apetite o arroz com ensopadinho e bebeu a caneca de leite. Fizemos camaradagem fácil. Sempre me dei com meninos. Zica é dos três o único que tem mãe e pai. O pai está doente, internado no Hospital São Sebastião, e a mãe lava roupa. Mas tem outros filhos, ganha pouco, Zica precisa ajudar. E ele ajuda, faz carreto na feira, pega xepa de comida num frege em Santo Cristo (mas a porcaria quase sempre vem azeda!), vai apanhar leite dos irmãos menores todas as manhãs, numa instituição que fica à boca do túnel João Ricardo. Há dias em que vigia automóvel defronte da estação de passageiros, no armazém 13, no Cais do Porto e leva algum, de gorjeta. Por causa disso tudo largou a escola — não tinha tempo.

O pequeno, o dos olhos bonitos, diz em voz baixa que o seu nome é Cincinato, mas chamam Nato. No mais, fala pouco. Não tem pai nem mãe, mora com a avó, que por sinal além de velha é doente e vive de favor num barraco que ela mesma arrumou, no lugar onde era um banheiro velho, aos fundos de uma casa de cômodos, numa daquelas encostas do morro que ficam entre o Cais do Porto e a Central. A velha pede esmolas e, quando era menor, Nato andava com ela, mas achava chato, e depois o Alcir — Alcir é o chefe — o convenceu de que aquilo não é ocupação de homem.

Quanto ao Alcir — bem, vê-se que é camarada vivido e experiente. Diz que esteve internado no SAM (a sigla do Serviço de Assistência a Menores é uma constante na conversa de garotos dessa espécie), depois espontaneamente explica que é mentira — ou antes, um modo de dizer. Quem esteve "lá" foi um primo dele que contou tudo como é. Que a ele, para o apanharem, não há de ser fácil. Pergunto o que ele quer ser, quando homem — um valentão assim como o Zé da Ilha e o Mauro Guerra? Surpreendentemente, Alcir diz que não, não gosta de malandro. Esse pessoal não vale nada; quem dá cartaz para eles é a polícia. Diz que o Carne-Seca até chorava, quando foi preso. E o Mauro Guerra é tuberculoso. Alcir tem vontade é de comprar um carro de praça e fazer ponto no Lido. Já foi várias vezes a Copacabana, mas ali é preciso ter cuidado para a gente não se perder. Acima de tudo, Alcir é um homem livre. Não tem pai nem mãe, mora oficialmente com os tios, mas passa dias sem aparecer em casa. A tia é uma chata, o tio tem uma tendinha de vender cachaça e pastel, e tem mania de botar Alcir no pesado. Um dia deixou que um bêbedo se metesse a dar cascudos no sobrinho; nesse dia Alcir se zangou e passou duas semanas sem aparecer. E como eu tentasse localizar a tendinha, fizesse menção de endereço, ele teve um gesto largo:

— A tenda não interessa. Eu moro mesmo é na rua.

Indaguei o que é que ele fazia para viver. Ele riu. Parece que na rua há muita coisa interessante para ocupar um homem resoluto. Por exemplo, já se ocupou em entregar lista a bicheiro.

— Quando a cana está dura, eles gostam de usar garoto, que não dá na vista.

Aos sábados, ajuda a lavagem dos ladrilhos num botequim da Rua América, ganha um prato e uma grujinha que dá para o cigarro. Não é carregador de feira porque tem uma dor no umbigo, não aguenta peso. O médico do ambulatório diz que é hérnia; um dia em que estiver disposto ele procura o doutor e deixa operar. Pergunto se não deseja se operar no hospital aqui na Ilha. Mas Alcir não quer se preocupar com a saúde.

— Deixa pra lá. Serei moça, para me importar com umbigo grande?

Acabada a última banana, levantam-se, o chefe põe a casquete e lembra delicadamente o dinheiro do ônibus.

— Vocês vieram foi de ônibus?

Eles sorriem. Vieram de carona, num caminhão da Aeronáutica. O motorista tinha cara de bonzinho, nós dissemos que éramos da Ilha, tínhamos fugido para o Rio e estávamos perdidos. O cara passou um pito, disse que quem não cuida dos filhos devia entregar ao Juiz de Menores, mas acabou mandando a gente entrar.

Tentei detê-los por mais tempo; eles porém tinham pressa, ou estavam desconfiados. Prometeram voltar a qualquer oportunidade. O difícil é a primeira vez, não é mesmo? E além do mais, não chegaram a ver a concentração do Vasco. Dei o dinheiro, deixei-os sair. Que é que podia fazer? Conselho eles não aceitam. Chamar autoridade, para quê? Autoridade não resolve, prende. Os garotos saíram. Fiquei a olhá-los, do portão. Dez metros além o pequenino voltou-se, deu adeus com a mão. Me apertou o coração, dei adeus também, fechei o portão devagar.

[Ilha, outubro de 1953]

Neuma

Tem cinco anos, e é tão miúda que parece três; mas não que seja raquitismo, é tamanho mesmo, ou calibre, como se pertencesse a uma raça especial, assim miudinha e benfeita, toda roliça. Tostada como um biscoito ao sair do forno, tem o cabelo tão comprido que lhe alcança as ancas. Em geral o traz em duas tranças. Mas em hora de faceirice gosta de andar com ele solto a lhe bater nas costas, em largas ondas castanhas.

A carinha podia ser de chinesa, fossem os olhos mais enviesados — bem redonda, com aquela pele de cor de ouro e o risco preto das sobrancelhas e a sombra preta dos cílios guardando os olhos enormes, pretos que reluzem — aliás, reluzem mesmo, não é só por serem pretos.

A voz é um fio — só fala baixinho, é como um pipilo de passarinho novo. Não tem medo de ninguém nem de nada. É como um animalzinho silvestre, mas manso. Anda no meio do gado, por entre os touros e as vacas de bezerro novo soltas no pátio, enfrenta o bode malhado que as mulheres dizem que é mau. Nem de cobra tem medo. Nem de trovoada, nem de relâmpago. Ao contrário, gosta de tomar banho nas pancadas de chuva forte, passeando debaixo d'água, vestida só com os cabelos.

Parece que esse destemor é porque não desconfia que exista maldade no mundo, alguém ou alguma coisa que lhe possa querer mal, ou fazer mal. Mas sendo confiante é também arisca, se é que me faço entender. Quer dizer que não procura os outros, mas não se recusa. Se convidada, senta no colo da gente, conversa um pouco e logo sai correndo. Não se oferece nunca, nem dá o primeiro passo. Sequer na hora de ganhar fatia de bolo — a gente que chame, que vá entregar. Nesse ponto é orgulhosa. Embora, estando de visita por algum tempo, se ninguém lhe oferece nada, ela chama discretamente a irmã:

— Vambora, Nazaré. Nesta casa não dão à gente nem uma bolacha.

Mas não se pense que é mercenária. Ela reclama a bolacha, primeiro porque gosta de bolacha, depois por uma questão de princípio: como uma autoridade que reclamasse o pagamento do imposto. Sempre quando chega numa casa é comum lhe oferecerem uma banana, um bombom — ou bolacha. Se ninguém oferece nada registre-se a anomalia — será má vontade ou esquecimento? Talvez o convite para ir embora não seja sincero, seja apenas um lembrete.

Seus grandes amores são uma cachorrinha branca, magra, orelhuda, por nome Sereia. Parece que, quando menor, Sereia era bonita — pelo menos é o que Neuma afirma, sentada com Sereia no colo:

— Coitadinha, era muito bonitinha, mas agora anda tão descorada!

Às vezes vai sair com a mãe e é proibida de levar a Sereia. Mas lá adiante, no caminho, a mãe verifica que a Sereia vem atrás. E ralha:

— Menina, eu não disse para você não trazer essa cachorra!

— Ora, mãe, eu tinha trancado ela na sala; mas olhei pra bichinha e ela estava com os olhos pingando água...

Na cozinha da casa-grande as mulheres armadas de vassoura enxotam os cachorros que farejam os potes de soro. E Neuma é vista retirando-se com Sereia debaixo do braço, cara zangada. O pai, que a encontra, pergunta o que é aquilo:

— Vou levar a Sereia pra casa. Aquelas cabeças-de-prego lá da fazenda não sei que têm que não gostam de cachorro. Sereia além de magra e "descorada" deu para barriguda. Neuma descobriu que ela tem "vício" — quer dizer que come terra. Andou pelas casas indagando qual o remédio para isso e lhe ensinaram que, pra menino com vício, o melhor é lhe pendurar no pescoço um bento com a oração de São Roque e um pouco de terra. Agora Sereia anda por aí com uma espécie de coleira que é um barbante, do qual pende um saquinho de pano costurado como um bentinho. O que tem dentro ninguém sabe.

Talvez por causa da feiura e do "vício" da cachorra, Neuma anda a traí-la com uma gata — Xana — que logo lhe deu três gatinhos. E tem sido uma dor de cabeça enfrentar os ciúmes da Sereia que detesta a gata e os seus filhos. A solução é prender a gata no quarto e deixar a cachorra no resto da casa, mas a gata "mia que soluça", e o coração de Neuma se aperta. Vai ao quarto, põe na sua própria rede a Xana velha junto com os Xanos novos, e fica a balançar a ninhada, cantando "João Curucutu por trás do munduru", até que durmam. Sai depois na pontinha do pé e se abraça com Sereia, que espera zelosa, do outro lado da porta. Pega a Sereia no colo, sacode as tranças e suspira:

— Família acaba com a gente!

Ano passado esteve muito doente, era crupe, quase a menina morreu. Levaram-na ao doutor no Quixadá, tomou muita injeção de soro, afinal ficou boa.

Convalescente, conversava com o pai:

— Pai, eu estava tão doente, mas me lembro do doutor. Ele pegava na minha mão, depois abanava a cabeça. Pai, por que é que ele abanava a cabeça?

— Havia de ser pensando que você não escapava.

Neuma ficou muito tempo meditando naquilo. Por fim deu uma risada e liquidou o assunto:

— Homem doido!

[4-4-1964]

Simples história do amolador de facas e tesouras

Era um desses portuguesinhos rosados — alegre, festeiro como um cachorro novo: tinha exatamente dezoito anos quando desembarcou no Cais do Porto. Vinha com um contrato de copeiro numa casa rica — contrato que lhe arranjara o irmão mais velho, já antigo no Brasil, trabalhando de garçom num dos bares da zona sul e que inculcara o menino a um freguês dono de palacete na Lagoa.

Puseram-lhe um uniforme (já não se dizia mais libré): colete de riscas para o diário, paletó branco e *black-tie* para servir o jantar. Tinha banho quente, quarto por cima da garagem que dividia com o chofer, folga domingo à tarde, boia sofrível, ordenado idem.

Mas não se sentia feliz. Não é que lhe parecesse pesado o serviço, nem penoso. Não há nada de especialmente difícil no oferecer um prato à esquerda e começar pela senhora mais velha, em dia de jantar de cerimônia. Nem é mister ser doutor de Coimbra para arear as pratas ou correr a enceradeira no *parquet*. O que pegava o carro era o lado moral, ou para dizer melhor, era a alma. O portuguesinho viera para o Brasil a fim de ser um homem — um "homem", dizia ele —, não para ser criado de ninguém. Criado por criado, ficava mesmo na aldeia onde tinha o bom vinho e a boa sopa e criado só seria do pai.

O Brasil sempre lhe representara um símbolo: liberdade, dinheiro fácil, dizer a verdade nas fuças às pessoas, jamais chamar alguém de Vossa Excelência ou Vossa Senhoria. Aos íntimos e aos iguais tratar por Tu, aos estranhos Você — que ele aliás dizia "Bócê". E amar, sobre todas as coisas, amar à larga, sem a família nem o cura da aldeia a exigirem casamento — que lá o jeito é casar mesmo, pois não são todos primos e primas? O Brasil da lenda, jardim imenso de mulatas em disponibilidade permanente — ai, o velho sangue de mouro que há nas veias de todo bom português, a exigir a sua cota de huris.

Tudo isso pensava tristonho o moço português, que não se chamava Manuel nem Joaquim, segundo a tradição, mas Veridiano, segundo a folhinha; assim pensava tramando planos de liberdade, enquanto mudava a água dos vasos da sala, ou fazia as camas, ou lustrava os talheres. E como desconfiava de que o mano não lhe aprovasse os sonhos, nunca lhe falou nada. Contentou-se em ir economizando o ordenado, sorrindo misterioso quando o irmão lhe reparava na poupança excessiva — que esse era um mão-aberta, não tinha tostão de seu, e olhe que ganhava não digo milhões, mas milheiros, só de gorjetas.

O fim longínquo de Veridiano era ser dono de uma cutelaria. O fim próximo estava ao alcance da sua mão; quando as economias deram para tanto, entregou-as na compra de uma roda de amolar instalada no carrinho próprio, e na licença da Prefeitura que lhe permitisse exercer a profissão de amolador. Aí despediu-se da madame, que quase chorou de desgosto, ouviu calado as descomposturas do irmão e, com a delícia que só os escravos urbanos podem avaliar, largou a libré de risquinhas, o jaleco branco e o *black-tie*, meteu o pé no tamanco, comprou na feira da Glória um blusão verde e uma calça de zuarte, e se iniciou no ofício de homem livre.

Falar a verdade, no princípio apanhou um pouco. Porque, se ele dava para homem livre, para amolador que era o bom, tinha apenas as mais mínimas noções e nunca lhe ocorrera que tal profissão exigisse aprendizado. Suou sangue, quebrou muita faca, sofreu prejuízos e humilhações, mas tudo se aprende, afinal.

Passado um ano, ninguém reconheceria nele quer o portuguesinho rosado e risonho do desembarque, quer o copeiro nervoso de quebrar a porcelana, a murmurar "com licença" ao redor da mesa e a enfiar na sopa o polegar da luva. Tinha agora uma segurança, um ar de alegria que lhe compensava de muito as cores da face um pouco desbotadas. Inventou até uma cantiguinha que era uma delícia entoar, rua abaixo, rua acima, empurrando a "máquina", como ele gostava de chamar ao seu instrumento de trabalho: "facas, tesouras, facões, tesoirinhas! Amoladoire! Amoladoire!" Cantava baixo, pois era homem de pequenas ousadias e além do mais já não se usam os pregões de outrora. O anúncio sonoro quem o fazia era o próprio chiar da pedra a afiar o aço, aquele silvo característico que lhe soava aos ouvidos como um gorjeio de anjo.

***

Esta história era para acabar numa grande tragédia, conforme me foi contada. Mas, pensando bem, porque fazer essa concessão à morbidez do público e lhe dar o sangue e as lágrimas em que ele, público, adora banhar-se? Sim, pois segundo me disseram, o amolador Veridiano, no segundo ano das suas andanças, foi misteriosamente morto ao pé da ladeira do Senado. A radiopatrulha já o encontrou defunto, sorridente, de olhos abertos para o céu escuro da madrugada e com duas balas no peito.

Há ainda outra versão: que o Veridiano, de economia em economia, cruzeiro a cruzeiro, acabou juntando o suficiente para se estabelecer com uma lojinha de duas portas perto da estação de Madureira, no ramo dos seus sonhos: a cutelaria. Ficou noivo, renunciou às cabrochas, espera ficar rico e entrar de sócio no Ginástico.

Eu porém prefiro uma terceira versão e é esta que oficializo: o Veridiano continua no seu carrinho de amolador, a correr as ruas da Glória e do Catete, Lapa, Arcos, Lavradio, Mangue. Canta, amola, embolsa e gasta, e dispõe do mais deslumbrante jardim de huris com o qual já sonhou mouro ou cristão. Suas de amar, de dizer piadas, de dar presentinhos, de beliscar e de outras intimidades amatórias, são todas as copeiras, cozinheiras, babás, porta-estandartes, garçonetes e até algumas *taxi-girls*, da Cidade Nova ao Flamengo. Jamais pensa em ficar rico. É como um pássaro feliz, é um irmão dos pardais da cidade que, tal como ele, vieram da Europa para desfrutar o rio. E como desfrutam, meu Senhor!

[Rio, 1956]

Bogun

Sim, o gato se chama Bogun; depois eu explico por quê. Não há como um nome inspirador para estimular a criatura, e aquele nos parecia adequado. Gato cinzento, cor de nuvem escura, olhos elétricos, pelagem de seda, de raça persa azul, tão boa e tão antiga quanto a raça dum mandarim — e, tal como mandarim, nascera ele com estrela de ouro por cima do berço.

A princípio, como pesava apenas quatrocentos gramas (e trezentos deveriam ser apenas o pelo) — não se lhe podia exigir muito. Afinal era apenas um *baby*, um filhote desmamado antes do tempo e que um pires de leite morno deixava bêbedo. Mas como já era insolente, audacioso, cônscio de si! Que vida poderia caber dentro daquele novelo de quatrocentos gramas de seda gris? Talvez fosse pouca, mas pouca embora, era como uma faísca elétrica, que é só um risco fino de luz e mata um homem. Assim o gatinho: tão débil que um sopro forte o derrubaria — mas trazia dentro de si aquela centelha de independência e individualidade, aquela consciência de si, isolando-o, identificando-o entre todos os seres do mundo, gatos e elefantes, peixes e panteras. Um aperto com dois dedos o mataria; mas enquanto o não matasse ele era só ele, o gatinho Bogun, capaz de enfrentar o mundo inteiro, destemeroso de bichos e de homens e de quaisquer outros inimigos; capaz de bocejar displicentemente na cara de um estranho, de estender a unha afiada para o nariz do cachorrão que o farejava intrigado; e depois que o cachorro recuava, Bogun fechava os olhos, displicente, como se dissesse: "Ora, é apenas um cão..." Nunca miou. Solta às vezes um gemido áspero, quando tem fome ou tem raiva. Se tem medo, bufa. Porém miar, jamais.

Por tudo isso ganhou o nome de Bogun. Bogun se chamava o mais valente de todos os cossacos, moço-herói de um romance de cavalaria que nós dois aqui em casa adorávamos, na nossa adolescência. Bogun, bravo como um lobo, belo como um dia de sol, orgulhoso como Satanás. Olhamos os olhos amarelos do gato — iguais aos olhos do cossaco, que eram como dois topázios (assim dizia o livro) — e achamos que ficava bem.

Hoje Bogun cresceu. Belo, não se nega, mais belo até do que prometia quando filhote. Mas o caráter — onde? Nada da inteireza, da valentia simples, da falta de complexidade do herói. Bogun é complicado e dúbio, tortuoso e imprevisto. Sibarita e displicente. Por exemplo — de pequenino, parecia ter alma de caçador. Era capaz de perseguir durante horas uma formiga ou um besourinho. Hoje ainda caça, sim; mas só se interessa por cigarras e mariposas. Um dia, por acaso, um rato de campo lhe atravessou o caminho: ele se afastou com dignidade e nojo e, durante dias, evitou aquele trecho do quintal cruzado por tal vermina. Às vezes acompanha de longe o voo dum passarinho — mas é como um devaneio, sem desejo e sem impulso. Creio que jamais conheceu na boca o sabor do sangue vivo de um bicho, abatido pela sua garra; suponho até que sentiria asco. Ele só gosta de filé malpassado, de risoto, de peixe magro — sem molho. Leite, só tépido. E gosta de banho, sim, adora banhos! Num gato não é uma espécie de degenerescência? Fica de olhos entrecerrados, ronronando sentado na bacia, enquanto o ensaboam. Depois consente deliciado que o enxuguem na toalha felpuda, que o escovem, que o ponham ao sol, a secar. Por fim, fofo, macio, perfumado, quente do sol, quase tirando faísca no pelo cor de aço, vem se exibir orgulhosamente na sala, arqueia o dorso, ergue a calda frocada — para que todos vejam quanto ele é lindo e rico, e gozador, e precioso, e inimitável.

Quando afinal satisfaz a vaidade, escolhe a cadeira de palhinha (detesta almofadas, acha-as ou quentes ou vulgares) bem fina, bem fresca, boceja, encrespando a língua rósea e áspera, espreguiça-se, estira elasticamente a garra afiada, repousa a cabeça entre as patas dianteiras e dorme. E enquanto dorme, sem um cuidado, tem a certeza que o bando de servos, de inferiores, que somos todos nós, lhe velam o sono.

[Ilha, março de 1952]

Quaresma

Bem, confessar eu confesso, mas o padre que se aguente — ela disse muito séria, o beiço tremendo. Que essa história de carnaval é muito bom, não fosse a Quaresma depois e a mãe da gente aperreando para se preparar a comunhão da Páscoa. Protestante não tem disso, protestante não se confessa, se entende lá com o seu Deus, se quiser se arrepende, se não quiser ninguém sabe. Mas católico, à menor tolice que faz lá vai ajoelhar no confessionário, e tem que explicar tudo direitinho senão foi confissão sacrílega e morrendo naquela hora já cai direito no inferno. Ah, meu Deus, se ela tivesse coragem virava protestante.

Espírita também é bom — espírita dá outra liberdade. Sessão é de noite, não tem missa domingo de manhã logo na hora do banho de mar. O ruim de espírita é que a gente tem medo de alma; foi a uma sessão para nunca mais, enganando que ia ao cinema das dez. Aquelas pancadinhas na madeira, e a mulher gorda estrebuchando em cima da mesa, falando com voz de homem, se coçando toda, cruzes! Chegou em casa até vomitou, tanto foi o medo. Deus te livre, se a mãe soubesse onde tinha andado.

Mãe é coisa engraçada. Mãe pensa que a gente não cresceu. Só enxerga que a gente tem corpo de mulher na hora de achar ruim o maiô de duas peças ou o vestido tomara que caia. Nas outras horas parece que a filha dela é uma criancinha de mamadeira, não pode sair de noite com o namorado, não pode andar em carro de rapaz estranho, não pode ir a baile sem companhia conhecida, só falta dar ataque quando a gente diz que vai se inscrever no concurso de sereia. Também, já disse, ela podia entrar na polícia que tinha jeito. O que vale é que basta se contar uma mentira à toa, ela engole — engole linha, anzol e caniço. Chega até a dar remorso. Carnaval por exemplo. Bastou a gente dizer que a mãe da Iara acompanhava a gente, estava tudo certo. Mal sabia que a mãe da Iara é uma balzaca doida por carnaval, como ela diz — só uma vez por ano tira a velha forra. Se mete numa calça de homem, põe uma máscara escondendo os pés de galinha, entrega as meninas pros namoradinhos delas, dizendo que se comportem, fiquem passeando na Avenida direitinho e voltem para casa cedo, que ela marcou um encontro com a turma e vai para o High-Life, onde criança não pode entrar... E virando para a gente fez uma cara safada, dizendo que não conte nada à mamãe, afinal quem é que tem interesse que a sua mamãe saiba, não é mesmo, meu bem?

E agora duas pequenas, cada uma com o seu namorado, ia-se ficar batendo pernas pelas ruas? Carnaval de rua é pra moleque, foi o que eles disseram. Podemos ir a um baile de família. Neste Rio tem cada coisa. Pensei que baile pago só nos clubes, High-Life, Democráticos, Bola Preta, Automóvel, ou então nas *boîtes*; mas qual, tem casa de conhecido que dá baile e só paga bebida e a cota da orquestra. Fomos numa ladeira que sobe para Santa Teresa, e lá não pergunta se é menor nem maior; como dizia o rapaz da porta, a pequena mostra a cara e se é boa vai levando. Quem anda atrás da idade dos outros é sorteio militar... assim que ele disse. E lá dentro uma confusão, gente dançando até na área de trás. O pessoal foi subindo, lá em cima eram os quartos e não tinha um lugar onde se bebesse sossegado — eram duas garrafas de uísque que eles arranjaram e mais uma de gim-tônica (gim-tônica, não, só diz assim no bar) — era gim puro mesmo. Também não namoro mais aquele bobo, ficou bêbedo, mas bêbedo que metia nojo. E a louca da Iara já tinha saído

de fininho com o cara dela. E aí aquele rapaz distinto, que nem estava fantasiado, ficou fazendo companhia à gente enquanto o outro tornava da bebedeira; mas qual, não havia jeito de tornar, a gente chateada, e afinal estava-se ali era para pular, não era? E aí saímos e estava muito calor e o rapaz tinha um carro mas era um *big*, e fomos tomar um pouco de ar no carro, e que rádio que aquele carro tem! E depois o rapaz ficou loucamente apaixonado por mim, e afinal eu não sou jeca para ter medo de nada, se fosse nos Estados Unidos aquilo tudo era tão natural, nos Estados Unidos não tem preconceito tolo, eu já sabia e ele disse, que já esteve lá.

E o dia já estava ficando claro quando afinal ele parou na porta do edifício e eu nem tinha chave, toquei a campainha e quando mamãe abriu com uma cara daquelas, perguntou pela Iara e a mãe dela, dei um suspiro, graças a Deus nenhuma das duas tinha telefonado, perguntando por mim. Também como é que podiam, depois eu soube, a Iara voltou às quatro mas tinha bebido além da conta e a velha só chegou às sete e com uma ressaca que só faltava comer a caixa de bicarbonato.

E depois o louco foi telefonar para mim e mamãe que atendeu e ele perguntou quem estava falando e mamãe disse que era a criada só para espionar, e ele disse que era o amiguinho da terça-feira. E mamãe passou o fone e pela conversa ficou vendo tudo, e me botou debaixo de confissão. E a gente sem querer contar nada, e ela aí fez a gente jurar pela alma de papai que ia preparar a comunhão da Páscoa, e que se não contava a ela contava ao padre.

Meu Deus, pela alma de papai não posso jurar em falso, e confessando não quero ir para o inferno, e assim é mesmo como eu disse, o padre que aguente, que é que eu posso fazer?

E a gente chorando, e a mamãe ainda diz que a filha dela além de mentirosa é cínica, queria que fosse ela, no lugar da gente!

[*Ilha, fevereiro de 1953*]

História da velha Matilde

A velha Matilde é filha de escrava, nascida sob o Ventre Livre e natural do Estado do Rio de Janeiro. Não é mulher de muita conversa nem gosta de contar mentiras. Em geral só conta casos que sabe de ciência própria; lá uma vez é que repete um que ouviu dizer, mas nessas ocasiões sempre se louva em pessoa de toda confiança.

A história que adiante transcrevo disse-me ela que a escutou do próprio protagonista, um seu conhecido mineiro que, por via de perseguições políticas, teve que se mudar, depois de velho, para o Estado do Rio.

Nos seus tempos de moço partiu esse homem de viagem, em companhia de um camarada, ambos nas suas bestas de sela e levando à arreata uma burra de carga. Iam fazer compras de gado numa terra que tem por nome Piauí, zona de fartura de pasto e de gado gordo, onde ainda se criam mais bois do que em Goiás. O mal de quem vai ao Piauí é ter de passar por outro lugar por nome Ceará, terra de sina muito triste, de povo aflito e pecador. É verdade que alguém, se não quisesse atravessar o Ceará para alcançar os campestres do Piauí, poderia embarcar num vapor do mar e chegar ao seu destino. Mas afinal, por pior que seja uma terra, o mar é ainda mais perigoso. Mormente para quem pretende voltar tangendo gado.

E já tinham os dois viajantes chegado ao Ceará sem mais novidades — somente não encontravam rancho nem mantimentos, e ai deles se não levassem o surrão bem sortido. No fim de uma tarde, iam subindo por uma estrada de alto com as bestas um pouco estropiadas do pedregulho, quando avistaram correndo de ladeira abaixo uma moça branca, com o cabelo solto lhe batendo na cintura. A pobre arquejava, já sem fôlego; e, mais para trás dela, surgiu no cabeço do alto um bando de homens que empunhavam machados, cacetes, cabrestos e facões, e gritavam perseguindo a pobrezinha, como um bando de cachorros no rastro de um veado.

Assim que a moça emparelhou com a besta do forasteiro, segurou-se no estribo dele a fim de tomar suspiração; e no pegar do loro, mesmo naquela agonia, reparou no arreio e viu que o cavaleiro vinha de fora. Ficou então mais confiada, abraçou-se na perna do homem e pediu que pela luz dos seus olhos lhe valesse.

O homem, meio tonto, com a moça arquejante pendurada na perna e o grupo dos perseguidores se aproximando, indagou que crime era o dela que lhe granjeara a perseguição tão medonha.

Sem largar o estribo e o pé do cavaleiro, a moça foi explicando como pôde que não tinha crime nenhum, que se aquela gente toda andava atrás dela, era para lhe tirar a vida e lhe comer a carne.

O homem não acreditou, pensou que a criatura havia de ser uma doida perigosa, ou criminosa fugida da cadeia e que inventara aquelas mentiras levada pela loucura ou pelo medo. Mas sofreou a besta que se impacientava e, compadecido de a ver tão formosa e naquela situação, esperou os homens que já vinham perto.

Quando o bando dos caçadores cercou a caça e o viajante, o mineiro os interpelou. E eles logo lhe confirmaram a história toda da rapariga, alegando a grande fome que os levava àquilo; sem gado, sem criação, sem legumes, iam-se comendo uns aos outros, escolhendo em primeiro lugar as mulheres, que são mais gordas e mais fracas. Andavam de um jeito que nem o de beber tinham. Quando a sede aperta-

va, saíam pelo mato com uma faca até encontrarem uma árvore; riscavam a casca da árvore, esperavam que escorresse o choro do pau — e com aquela gota enganavam a sede...
 O forasteiro de princípio ficou sem fala, vendo os desgraçados fazerem sem vexame a confissão tão pavorosa. Lembrou-se depois de que a fome a tudo obriga; na história da Nau Catarineta os marujos esfomeados primeiro puseram solas de molho e depois deitaram sortes nos companheiros, escolhendo a qual matar. E, assim pensando, deixou-se estar parado, com as feras rondando, e a moça sempre agarrada aos loros da sua sela. Afinal teve uma ideia:
— Se eu der a minha besta de carga para vossemecês comerem, me prometem que deixam a moça em paz?

Boca que mal falaste, nem ele tinha acabado de dizer, os homens mudavam a vista para a besta, viam que tinha mais carne do que a moça; e antes que o camarada desarreasse a carga, já estava a besta estirada no chão, com um golpe no sangradouro. Ainda estrebuchava, quando começaram a esfolar. O mineiro ofereceu a mão à moça, fê-la subir à garupa da montaria, calcou as esporas e saiu correndo como um desesperado; tinha medo até do tropel da besta do camarada, que vinha um pouco atrás, pois se demorara apanhando a bagagem.

Nem chegou a ir ao Piauí. Dobrou caminho na primeira encruzilhada e voltou para a sua terra, onde cristão não come cristão; levou porém como lembrança aquela moça, trocada por caridade pelo preço de uma besta.

E nessa viagem de volta, estando os dois sempre juntos, tomou o mineiro amizade à rapariga. Chegando à sua terra não pôde casar com ela porque já tinha mulher; mas botou-lhe casa, deu-lhe uma negrinha para o seu serviço, e os filhos que com ela teve mandou-os para o estudo, juntos com os filhos do casamento. Um deles chegou a padre, o outro foi doutor formado.

[Ilha, julho de 1946]

Crime perfeito

Para a polícia e para os romances de detetives é axiomático que não existe crime perfeito. Já se dizia nos tempos de dantes que o Diabo usa uma capa e uma campa; primeiro com a capa encobre o crime, depois, com a campa, põe-se a badalar, denunciando o criminoso.

Mas nós, os pessimistas, poderíamos pensar seguindo outra linha de raciocínio: como é que se pode dizer que não existe crime perfeito se a própria natureza do crime perfeito é justamente a sua "perfeição" — quero dizer, a sua capacidade de se manter encoberto? Sendo descoberto, deixa de ser "crime perfeito". Nesse caso, como é que poderemos afirmar que ele não existe?

Há ainda outro axioma, em negação à teoria do crime perfeito, que afirma não haver nenhuma manifestação de inteligência humana que outra inteligência humana não possa descobrir. Talvez. Mas a dificuldade está em se encontrar essa inteligência paralela à do "criminoso perfeito", na hora, no local e na situação adequados à solução do mistério. A pedra de Roseta levou alguns séculos esperando por Champollion. E há, espalhadas pelo mundo, talvez milhares de outras inscrições lapidares que jamais foram decifradas, porque não apareceu disponível para a sua leitura nenhuma inteligência especializada: assim se vê que a descoberta do crime perfeito, além de outras exigências, tem ainda a exigência da oportunidade...

Bem, claro que estas considerações não se destinam a fazer pregação dissolvente, nem a estimular os criminosos em potencial a tentarem essa coisa que, como o moto contínuo, não existe: o crime perfeito. Elas traduzem mais a perplexidade de um grupo de pessoas minhas conhecidas, que receiam haver localizado um crime até então perfeito, e que deixará de o ser, é óbvio, se as suspeitas dessas pessoas se confirmarem...

Aconteceu com um velhote cardíaco, morador de certa casa velha, situada em terreno amplo, casa onde já haviam nascido o pai do velhote e o seu avô. Até pouco tempo, casa e terreno não valeriam dinheiro suficiente para provocar cobiças criminosas. Mas, com a valorização alucinada dos terrenos, a coisa mudou: começaram a aparecer compradores que faziam suas ofertas na casa dos milhões de cruzeiros. O nosso cardíaco, entretanto, alimentava uma teima de velho: valesse o que valesse o terreno, aquela casa era sua, seus o jardim e o pomar; amava-os, considerava-os indispensáveis à sua vida, e não iria permitir que os arrasassem para erguer no lugar nenhum prédio de apartamentos. Debalde o filho e mormente a nora lhe expunham a insensatez daquela atitude, lhe falavam nas propostas de uma companhia imobiliária. Pensar que podiam ser milionários e no entanto viviam quase à míngua com os tostões contados de um mísero ordenado de funcionário municipal! E como prova da penúria que enfrentavam — embora morando em cima daquela mina de ouro —, na primeira crise forte da moléstia internaram o velho num hospital público, em cama de indigente, pois não havia dinheiro para lhe pagarem em casa doutor e tratamento. O velho sujeitou-se ao hospital, aceitou tudo: mas vender não vendia. Na enfermaria passou um mês, melhorou, teve que vir para a casa. Doente crônico, assim que melhora, é mister desocupar o leito para outro que precise mais. Os leitos de hospital são escassos — e um doente crônico, bem tratado, pode ter uma sobrevida de meses, talvez de anos. Hospital não é asilo, infelizmente. Deixassem ficar, em pouco tempo as enfermarias estariam lotadas e onde que se punham os doentes novos? Mas isso já é outra história. O que interessa é que logo que lhe compensaram mais ou menos o coração, os doutores tiveram que devolver o velhote à família. Fizeram recomendações à nora: dieta, repouso, remédios, quem sabe? Talvez o velho ainda durasse muito. Não se afastasse contudo a ideia de algum acidente súbito, sempre de esperar... A nora ouviu gravemente, levou o sogro ao ônibus, à sua amada casa velha. Mas logo, no dia seguinte, apareceu por lá o corretor dizendo que a companhia não podia esperar mais pela resposta, era pegar ou largar: ofereciam dois milhões.

Quando o filho chegou à noite supõe-se que houve uma conferência dramática na alcova do velho. Pelo menos há indícios veementes disso, pelos retalhos de frases entreouvidas por um vizinho que viera pedir um baralho emprestado.

O que se soube é que na manhã imediata ouviu-se da rua um grande alarido — era a nora que encontrara o velho morto na cama, frio, já duro.

A princípio não houve suspeitas; a primeira só foi despertada quando a nora, mal saiu o enterro, correu até o açougue para telefonar ao corretor. Mas tudo se fizera regular, atestado de óbito declarando colapso cardíaco, assinado pelo doutor do hospital, que não poderia duvidar da *causa mortis*. Dizia ademais o conhecido que vestira o defunto não haver notado marca de violência, nenhum sinal no corpo.

Agora é que estão falando — quem sabe a nora, no desespero de responder um sim ao corretor, apertasse o travesseiro de encontro ao rosto do velho... ou talvez simplesmente lhe comprimisse com os dedos o nariz... Era um sopro de vida tão frágil!

***

Esta semana se assina impreterivelmente a escritura de promessa de venda do terreno.

[Ilha, agosto de 1954]

Conversa de menino

Amanheceu aberta uma rosa, uma rosa grande e rubra, na roseira do meu jardim. Modesto jardim à moda antiga, um pedaço de grama, um pé de manacá, um coqueiro-anão, um jasmim-do-cabo, algumas roseiras. Nem jardim propriamente é. Mas para o meninozinho que nasceu num décimo primeiro andar, que tem pai comerciário e mãe oficial administrativo — para aquele garoto o meu jardim é um parque, um reino. Ele mal foi saltando do carro, juntou as mãozinhas, riu e disse que lá estava um balãozinho de papel encarnado em cima daquela planta. A mãe, que tem hábitos pedagógicos, logo explicou que aquilo era uma rosa numa roseira. O menino entretanto não concordou, disse que só se era então um "balão de roseiras". E quando insistiram em que se tratava de uma flor, o rapaz perdeu a paciência: "Flor é pequenininho, e só dá na feira". Nativo da Zona Sul, natural que pense que as flores e os legumes nascem nas barracas.

Depois entrou em casa: entrou e parece que não gostou ou não entendeu. Foi perguntando onde é que ficava o elevador. E sabendo que não havia elevador, indagou como é que se ia para cima. Nós explicamos que não havia lá em cima. Ele ficou completamente perplexo e quis saber onde é que o povo morava. E não acreditou direito quando lhe afirmamos que não havia mais povo, só nós. Calou-se, percorreu o resto da casa e as dependências, se aprovou, não disse. Mas, à porta da sala de jantar, inesperadamente, deu com o

quintal. Perguntou se era o Russell. Perguntou se tinha escorrega, se tinha gangorra. Perguntou onde é que estavam "os outros meninos". Claro que achava singular e até meio suspeito aquela porção de terra e árvores sem ninguém dentro. Todas essas observações, fê-las ainda do degrau da sala. Afinal, estirou tentativamente a ponta do pé, tateou o chão, resolveu explorar aquela floresta virgem. Sacudia os galhos baixos das fruteiras, arrancava folhas que mastigava um pouco, depois cuspia. Rodeou o poço, devagarinho, sem saber o que havia por trás daquele muro redondo e branco, coberto de madeira. Enfim, chegou debaixo da goiabeira grande, onde se via uma goiaba madura, enorme. Declarou então que queria comer aquela pera. Lembrei-me do padre Cardim — não era o padre Cardim? — que definia goiabas como "espécie de peros, pequenos no tamanho" —, onde se vê que os clássicos e as crianças acabam sempre se encontrando. Decerto porque uns e outros vão apanhar a verdade nas suas fontes naturais.

Fi-lo subir na goiabeira. Com o bracinho gordo a dobrar o ramo ele próprio apanhou a fruta. Em seguida desceu — não sem tentar balançar-se um pouco, e fez questão de escorregar sozinho pelo tronco liso, embora esfolasse ligeiramente a mão. E não houve maneira nem meios de o fazer morder a goiaba (já a essa altura lhe sabia o nome certo). Ele explicava: "Esta goiaba é *minha*. Não posso comer ela porque *ela é minha*. Fui eu que tirei. Se comer estraga". E insistia, ante a obtusa incompreensão da gente grande: "Fui eu mesmo que arranquei do lugar". Feito memorável, portanto, que lhe conquistara aquele *souvenir*, o qual não poderia ser mordido, quanto mais comido, já que deveria ser conservado pelos séculos dos séculos.

Depois sentamos embaixo da jaqueira, a conversar. Fala nisso e naquilo, falou-se na irmã mais velha que estudava *ballet* e queria ser cantora. Lembrou-se um menino de casa, que pretendia estudar para médico. E, naturalmente, perguntou-se o que ele pretendia ser. O guri parece que esperava a pergunta, porque respondeu rápida e positivamente: "Queria ser cachorro".

A mãe ficou vexada: "O quê, filhinho, que bobagem é essa? Você não disse que queria ser fuzileiro — não se lembra, com a farda vermelha, e o gorro de fitinhas?"

Mas o garoto não cedeu. Encarou a mãe e repetiu, mais positivo ainda: "Isso foi no outro dia. Agora, o que eu queria ser era mesmo cachorro".

[Ilha, 1949]

O barco

A moça, chamada Araci, todo dia tomava o seu barquinho e ia navegar um pouco. Morava numa beira de lagoa, muito sozinha na casa velha que outrora fora fazenda — junto com a avó e o tio solteirão. Aqui pelo Estado do Rio há muitos desses recantos tranquilos, o mar aprisionado numa pequena bacia de areia e conchas, só se lembrando de que faz parte do oceano nas horas de maré grande. Saía a moça no barco, mas não pescava nem nada, tinha até raiva do cheiro de peixe; gostava era de remar um pouco e depois ficar vogando, estirada no fundo da canoa, cochilando entre a água e o céu, tostando o corpo no sol, pensando nas suas coisas. Coisas poucas, em verdade, aquela existência tão estreita, os pecados que não pecara, as pessoas que não conhecera, a vida que estava toda por viver. Quando o sol esquentava demais, pegava de novo dos remos, voltava, cheia de preguiça, a escutar as choradeiras da avó por causa das histórias do tio solteirão, que não desenvolvia a salina, que tinha agora um caso com uma mulata em Saquarema — um caso e um filho, lhe tinham dito.

— No tempo de meu pai — resmungava a velha — a coisa era tão simples! A gente mandava dar uma surra ou vender a negra, pronto.

— Mas é a mãe de seu neto, vovó.

— Neto! Moleque não é neto, sua malcriada. Moleque é *cria*!

Pois um belo dia estava Araci no seu barco, lá para longe, lagoa adentro, quando notou que uma pessoa a olhava da praia, sentada na areia, com uma criança no colo. Contrariada com a intrusão — se habituara a considerar aquela praia nas horas da manhã como propriedade particular —, resolveu esperar que a mulher fosse embora. Deitou-se, cochilou. Mas quando acordou, viu que a criatura ainda lá estava. Deu aos remos, contrariada, e a mulher levantou-se, pondo-se na direção para onde abicava a canoa.

E se dirigiu logo a Araci, sorridente, encabulada:

— A senhora não me conhece de cara, mas talvez conheça de nome. Sou Judite, a moça de seu tio. E o menino é dele, batizei por Sebastião, como o pai.

O pequeno teria uns três meses, era um mulatinho de olhos verdes e cabelo avermelhado — uma lindeza. Araci pegou nele, fez-lhe festinhas, murmurou que tinha muito gosto em conhecer o primo, e acabou fitando Judite com ar interrogativo, encabulada.

Mas encabulada era só ela, Judite sabia bem o que queria:

— Seu Sebastião parece que anda cansado da nossa amizade, se queixa de que a senhora mãe dele persegue muito... E eu arranjei um moço em Cabo Frio que quer viver comigo. Mas não aceita o menino, diz que com filho não é vantagem, que não vai dar duro para sustentar cria dos outros...

Araci riu; *cria*, a mesma palavra na boca da mãe e da avó, coitadinho... E deu um beijo na bochecha do garoto.

— Falei para o Seu Sebastião, disse que só ele ficando com o filho, afinal é dele mesmo, não é? Mas o homem tem horror de responsabilidade, diz que algum dinheiro pode dar, mas ficar com a criança, nunca! E eu então estou acompanhando uma novela de rádio, e tem um caso parecido, e a mãe enjeita o menino, e eu me lembrei de enjeitar o meu... Mas só tenho coragem de deixar em casa de conhecido, e Seu Sebastião me fala de vez em quando na senhora. E me lembrei da gente combinar enjeitar a criança na sua porta, e a avó não pode ter certeza de quem é, já a senhora, sabendo que é seu sangue, pode dizer uma palavrinha a favor, e tomarem conta do menino e ele vai viver no meio da gente dele, que tem direito, não é mesmo?

Fechou-se a combinação. Na madrugada seguinte, lá se ouviu o choro de criança e a moça correu e apanhou o pequeno, com um bilhete pregado na camisa, tal qual na novela: "Esta criança hoje mesmo será órfã. Sua desgraçada mãe preferiu a morte à desonra." Claro, Judite não ia procurar morte nem temia desonra, ia era atrás do seu moço em Cabo Frio, mas a novela era tão bonita, para que alterar o bilhete?

Isso aconteceu em 1939 ou 40. Tio Sebastião acabou se casando com uma funcionária municipal em Niterói. O menino, que Araci crismou de Abelardo, criou-se na beira da lagoa, junto com ela. Ela, coitada, foi que não se casou nunca, nem depois que a avó morreu, deixando-a sozinha na casa velha. Já tem cabelos brancos na cabeça, vive daquela mesma salina que vai dando mal e mal; hoje pouco passeia de barco, porque engordou e sofre do fígado. Abelardo é que deu um rapaz que é uma beleza, os olhos sempre verdes; fez o ginasial em Niterói, depois o científico, e agora acaba de entrar para a escola de Engenharia. Estou contando o caso porque é verdade. E para desmentir um pouco certos rumores que negam ser o rapaz filho do velho Sebastião. (Este vive hoje à custa da mulher e passa os dias de pijama e chinelos, tomando cerveja preta num boteco vizinho de sua casa, no Fonseca.) Dizem os boatos que o menino é filho mesmo de Araci, que o arranjou numa daquelas suas manhãs de barco — algum turista do rio, ou mesmo um pescador da praia... E benfeito, para quebrar o orgulho danado da velha.

Aliás digo isto só por amor da justiça, não por amor de Araci. Que ela, Deus me perdoe, mais parece não se importar com o que dizem. Fica é meio sonhadora, sorrindo vago, olhando o moço, e quem sabe até mesmo procura se convencer de que ele é filho de um pecado que ela não pecou, no barco pintado de azul, enquanto aquentava ao sol...

[14-11-1954]

Metonímia, ou a vingança do enganado
Drama em três quadros

Quadro I

Metonímia — a palavra me ficou na memória desde o ano de 1930, quando publiquei o meu livro de estreia, aquele romance de seca chamado *O Quinze*. Um crítico, examinando a obrinha, censurava-me porque, em certo trecho da história, eu falava que o galã saíra a andar "com o peito entreaberto na blusa". "Que disparate é esse?", indagava o sensato homem. "Deve-se dizer é: blusa entreaberta no peito". Aceitei a correção com humildade e acanhamento, mas aí o meu ilustre professor de Latim, Dr. Matos Peixoto, acudiu em meu consolo. Que estava direito como eu escrevera; que na minha frase eu utilizara uma figura de retórica, a chamada metonímia — tropo que consiste em transladar-se a palavra do seu sentido natural da causa para o efeito, ou do continente para o conteúdo. E citava o exemplo clássico: "taça espumante" — continente pelo conteúdo, pois não é a taça que espuma e sim o vinho. Assim sendo, "peito entreaberto" estava certo, era um simples emprego de metonímia. E juntos, numa nota de jornal, meu mestre e eu silenciamos o crítico. Não sei se o zoilo aprendeu a lição. Eu fui que a não esqueci mais. Volta e meia lá aplico a metonímia — acho mesmo que é ela a minha única ligação com a velha retórica.

Faz pouco tempo, por exemplo, dei com uma ocorrência de metonímia prática: certa senhora nossa conhecida, há anos hospedada numa pensão, saiu de repente da casa e passou a ser inimiga mortal da senhoria. Indagada da gente por que aquela inimizade repentina, quando todos sabíamos que a dona da pensão era boa alma, lhe dava injeções, lhe emprestava a bolsa de água quente e a acudia nos seus acessos cardíacos, a ofendida explicou:

— O que eu não perdoo a ela é o telefone. Todo o dia o telefone da copa me chamava — eu ia ver, era trote.

— Mas não era ela que dava trote!

— Não. Mas de quem era o telefone?

Agora sei de outro caso de metonímia aplicada, que ainda é mais importante, pois se trata de caso de crime. Relação de causa e efeito, ou mesmo culpar o continente pelo conteúdo — qualquer dos dois está certo.

Assim pois aconteceu numa cidade do interior — não conto onde, para não dar lugar a maledicência. Diga o pecado mas não diga o pecador.

Pois nessa cidade do interior havia um homem; não era velho, mas pior que velho, porque era gasto. Em moço sofrera de beribéri, o que lhe arruinou para sempre o futuro. Tinha as pernas fracas, o peito cansado e asmático, a cor terrosa, o olhar vidrado de doente crônico. Contudo era homem de algumas posses, casa própria com loja contígua, onde instalara o armazém; vivesse ele no Ceará, o armazém se chamaria bodega, em Pernambuco venda, no Pará mercearia, em São Paulo empório. E já que eu não quero designar o local do crime, qualquer nome desses serve. Bodega ou empório, era comércio, e quem tem comércio tem dinheiro; de jeito que, apesar de tão mal-ajambrado, o nosso homem casou. Justiça se faça, que não tentou a Deus com nenhuma beldade: procurou moça pobre, magrinha, operária numa oficina de roupas de homem. Diziam até que ela tinha cara de tísica. Mas não contava o prezado amigo com os efeitos da boa nutrição no metabolismo feminino. Sei é que a cara de tísica, livrando-se das oito horas de trabalho à mesa de costura, passando a comer bem, em casa sua, a boa carne fresca, o seu bom tutu, a sua salada de pepino, os doces de lata, as doces laranjas da serra que o marido comprava aos centos para a freguesia, mudou como se fosse encantada. Começou a botar corpo, a aumentar as polegadas nos lugares certos — parece até que estava crescendo. E as cores do rosto, então! Ainda mais que, com a afluência de dinheiro, deu para se vestir bem, se pintar, ondular cabelo, usar engenho e arte a fim de aumentar os dotes naturais, pois não sei se contei que, de cara mesmo, ela não tinha nada de feia.

E assim bela e assim vestida e assim pintada e formosa, começou a lhe pesar o marido enfermiço, envelhecido antes do tempo. Que, mal fechava o armazém, tomava a janta de leite (tinha cisma com carne), pegava o jornal, sentava na cadeira-preguiçosa até a hora de ir para a cama. Não queria saber de cinema, nem de futebol, nem sequer de rádio. Até mesmo por amor não se interessava grande coisa, que aquele corpo franzino, amarelo, não era de pedir amores. Só a convivência morna, insossa, *ité*, como se diz em São Paulo.

E foi aí que o destino saiu dos seus cuidados e fez a primeira intervenção: suscitou um sargento.

Quadro II

Claro, não era justo que a jovem esposa depois de recondicionada graças às finanças do marido tirasse vantagens dessa nova situação de mulher bonita, em prejuízo do supradito marido. Não era justo, mas este mundo vive de injustiças. E o sargento — quer fosse do Exército, da Aeronáutica, da Marinha ou dos Fuzileiros (não digo ao certo, firme no meu propósito de evitar identificação) —, o sargento era simpático, era musculoso, era jovem, era formidavelmente marcial dentro da farda justa ao peito, o andar elástico, a fala ríspida habituada ao comando.

Aconteceu que, um belo dia, servia a dama ao balcão (segundo era costume do casal, enquanto o marido almoçava), quando sobreveio o sargento. O que houve, o que não houve? Hoje é difícil reconstituir. Parece que ele pediu um maço de cigarros. Depois queria um vermute. Por fim pediu licença para escutar o noticiário esportivo no rádio que tocava perto do balcão. Seria pretexto para se demorar ali, mas a moça consentiu. É difícil negar favores a sargentos, mormente um sargento daqueles. Contudo, naquele dia, além disso ele não pediu mais que olhares. Ou no máximo disse alguma palavra, mas murmurada tão baixo que a não ouviu o resto da freguesia presente, sempre atenta a mexericos.

Com três almoços o namoro pegara firme. E seguindo-se aos almoços uma gripe do marido, os dois caminharam muito além de namoro. Como se encontravam, onde e a que horas, não se apurou. Basta que se diga que eles se amaram de amor proibido, como Tristão e Isolda, como Paolo e Francesca.

E o destino, que não gosta de amores ilegais e costuma castigá-los com maus fados, fez a sua segunda intervenção: suscitou a transferência do sargento.

***

Diz que só quem ama conhece a dor da separação. Os bonitos olhos da moça incharam de tanto choro. O apetite diminuiu. Já lhe transparecia, por sob o *rouge* da face, a antiga cara de tísica. E há de ter sido esse desgosto, assim alardeado com pranto e fastio, que acabou por despertar as suspeitas do marido, não acordadas quando o amor florescia e tudo ainda eram rosas.

Passou o bodegueiro a vigiar a esposa; a lhe examinar os silêncios; a lhe escutar os suspiros e os murmúrios durante o sono. Deu para fazer pesquisas e acabou descobrindo um postal e um livro com um nome de homem escrito em ambos — e com a mesma letra. Descobriu um escudo da corporação do sargento — o que provava que o objeto de suspiros, silêncios e murmúrios, além de homem era soldado. E tantas descobertas pequenas levaram-no afinal à maior de todas, que era descobrir que o traíam. Porque descobrira as cartas, as cartas de amor que vinham com carimbo distante, por via aérea, assinadas com aquele nome fatal.

Durante cinco meses o pobre revolveu dentro do seu magro peito doente o punhal venenoso do ciúme. Como menino que descobre um ninho de pássaro e fica diariamente a vigiar escondido o número de ovos que aumenta, e depois os progressos do choco, assim conseguira o marido uma chave falsa para o cofre de guardados da mulher: era uma caixa de madeira do Paraná, com um pinheirinho recortado na tampa, que ele mesmo lhe dera durante a lua de mel, dizendo rindo: "Está aqui, para você guardar os seus segredos..."

E a ingrata obedecera ao pé da letra.

Todos os dias, naquela hora fatal do almoço, quando a mulher o substituía no balcão, ele nem cuidava de comer. Era só correr ao quarto, abrir o camiseiro, tirar a caixa de sob o monte de roupa branca, puxar do bolso a chavinha falsa e abrir ansiosamente a carta nova. E quando não havia carta nova, reler a velha, ou antes, uma das antigas, uma datada de 21 de agosto, tão cheia de recordações realísticas, que até parecia diálogo de filme francês. Depois de ler guardava tudo, corria à cozinha, engolia depressa uma colher de caldo, roía um pedaço de pão — seria impossível comer direito com aquele amor dos dois ladrões atravessado na garganta.

Até que um dia houve provocação maior...

Quadro III

E um dia, como dizíamos na semana passada, houve provocação maior ou o coração do homem enganado saturou-se de ódio e ciúme até ao ponto de não poder contar mais nada. Isso não se explicou. O que se sabe é que ele retirou da gaveta do balcão um revólver que lá guardava há anos, e que fora empenhado por um devedor desaparecido. Junto do revólver estava a caixa de balas. O nosso amigo carregou a arma; e numa manhã de sol claro, eram dez horas em ponto, quando o armazém estava cheio de fregueses, viu-se que o bodegueiro apurava o ouvido, pedia licença aos presentes e transpunha a porta de comunicação da loja com a sua casa.

Daí a pouco se escutou um ruído de altercação, um grito de mulher e três tiros cortaram o ar, em explosões secas.

A freguesia alarmada correu, rodeou a esquina até à porta da frente da casa de moradia. Lá estava armada a tragédia: a mulher na calçada, de joelhos, aos gritos, o marido de revólver na mão, muito trêmulo, tentando soerguê-la, e, atravessado na porta, caído de borco, com o corpo para dentro da sala, um homem. Na posição em que estava não se lhe via cara nem torso, só as botinas pretas e as duas pernas, vestidas em calças cáqui.

E foi o próprio marido quem falou primeiro. Ergueu os olhos para o grupo apavorado, deu com a vista no seu freguês predileto, andou um passo, tapou com o próprio corpo a porta onde jazia o morto e pediu:

— Pode ir chamar a Polícia.

***

Na Polícia explicou que matara o homem porque era um marido enganado.

O delegado comentou:

— É raro. Em geral vocês matam as mulheres, que são mais fracas.

Mas o marido protestou, magoado:

— Não, eu não seria capaz de matar minha mulher. Ela é tudo que eu tenho no mundo, bonita, delicada, cuidadosa. Me ajuda no armazém, entende de contas, faz as cartas para os atacadistas. Só ela pode fazer a minha comida — eu só como dieta especial, o senhor sabe. Como é que eu ia matar minha mulher?

— Então — ajudou o delegado — matou o amante dela.

O homem tornou a abanar a cabeça:

— Também não. O amante era um sargento, que foi transferido e está longe. Além do mais eu só descobri o caso depois que ele viajou. Pelas cartas. Li tudo. Sei até uma de cor, a pior delas...

O delegado calava-se, sem entender, esperando o resto.

E o resto veio:

— Cada carta! Se cada carta daquelas tivesse vida, eu matava, de uma em uma. Fazia até vergonha — parecia coisa de livro. Pensei em tomar um avião e liquidar com o sargento. Mas não tenho saúde para andar de avião. Pensei em matar um colega dele, aqui mesmo, para eles tomarem ensino e não transviarem mulher alheia. Mas tive receio de enfrentar a corporação toda — o senhor sabe como eles são unidos. Tinha entretanto que dar um jeito. Já sentia medo de acabar ficando doido. Não tirava aquelas cartas da cabeça; nos dias em que não chegava uma, ficava aflito, mais aflito do que ela, que era a destinatária. Tinha que liquidar aquilo, não era? E hoje, afinal, carreguei o revólver, esperei a hora e, quando vi o desgraçado apontar do outro lado da rua, fui para casa, me escondi atrás da porta do quarto, esperando.

— O amante? — indagou o delegado, estupidamente.

O homem se irritou:

— Não, senhor. Não falei que não era o amante? Porém tinha culpa nas cartas. O sargento escrevia — mas era ele que trazia. Quase todo dia estava ali na porta, risonho, com o desgraçado do envelope na mão. Apontei o revólver e atirei três vezes. Ele caiu sem falar. Não, não era o amante, seu delegado. Não era o amante. Mas era o carteiro.

[Rio, 1955]

Um caso obscuro

Não quero fazer campanha contra quem acredita em espíritos, quem tem visões ou ouve "avisos". Espiritismo é religião tão respeitável quanto qualquer outra. Quero apenas prevenir meu amigo leitor contra alguma conversão apressada, porque o fato é que as forças da terra muitas vezes se misturam com as forças do céu.

O caso que passo a contar como exemplo, naturalmente que é verídico. Se fosse a cronista inventar um conto, teria que apurar muito mais um enredo e os personagens, dar-lhes veracidade e complexidade. E aliás, como ficção, ele não teria importância e nem sentido. O seu valor único é a autenticidade.

Certa professora de grupo minha conhecida tem uma empregada, senhora cinquentona, de cara séria e jeito discreto, natural de Suruí, no Estado do Rio, de onde veio há poucos meses. E lá em Suruí deixou a mãe cega e enferma, da qual não tinha notícias desde que viera para a cidade. Analfabeta, não escrevia nem recebia cartas. Essa gente da roça não acredita muito em correspondência senão para notícias capitais.

Mas um belo dia acordou a empregada, que se chama Joana, chorando, abaladíssima, queixando-se de estranhas visões. Dizia que passara toda a noite acordada; mas não pudera chamar ninguém porque de medo ficara sem fala. Sentira uns assopros no ouvido, depois lhe sacudiram a cama como se fosse um terremoto. Por fim vira a mãe, a velhinha cega, estirada num caixão, metida numa mortalha preta. Toda a manhã a mulher chorou e lamentou-se. A patroa, penalizada, ofereceu-se para mandar um telegrama pedindo notícias. Joana porém tinha medo de telegramas: "E mais medo tem minha mãe. Chegando telegrama lá, se ela ainda estiver viva, morre só do susto".

Estavam nisso as coisas, quando ao meio-dia aparece na casa da professora um filho homem de Joana, que também reside na cidade. Trazia na mão um envelope fechado, sem carimbo nem selo. Era uma carta vinda em mão própria da sua terra, explicou o moço. E como também ele não sabia ler, pediram à patroa que abrisse e lesse a missiva — aliás curta e comovente:

"Minha irmã como vai esta tem por fim de lhe dizer que a nossa mãe está às portas da morte já de vela na mão. Joana se apresse senão não vê mais a nossa mãe adeus do seu irmão Basílio."

Chegando assim aquela carta, após a série de visões noturnas, era impressionante. E a própria patroa a abrira, excluindo-se assim a possibilidade de conhecimento prévio do conteúdo. Era uma dessas bofetadas que o mundo dos invisíveis atira nos pobres humanos, deixando-os cheios de susto e dúvida. Com seus próprios ouvidos escutara a patroa pela manhã a história do assopro, das sacudidelas na cama, da figura amortalhada no caixão. Com suas mãos recebera a carta, com seus olhos lera o endereço tremido e oblíquo, e depois a lacônica má-nova. Naturalmente deu imediata licença a Joana para a viagem. Grande falta lhe faria em casa, mas quem pode pensar em impedir um filho de despedir-se da mãe, à hora da morte? E deu-lhe mais dinheiro, deu-lhe um vestido preto quase novo, consultou o horário dos trens, forneceu provisões para a viagem. Não era só caridade de burguesa progressista que a animava, mas principalmente o interesse do profano por uma criatura feita instrumento das forças do Incognoscível. E Joana partiu. A patroa ficou contando a história aos conhecidos; contou por boca e por telefone. Chegou a contar por carta. Não a repetiu às crianças no grupo só de medo de assustá-las com essas coisas misteriosas que ficam entre o céu e a terra. O caso era tão simples, tão líquido: resumia-se apenas a fatos dos quais ela própria era testemunha. E fazia cálculos: a carta deve ter partido de Suruí na antevéspera, de modo que a velha bem podia estar mesmo morrendo na hora das visões noturnas de Joana.

Ficou a esperar impaciente a volta da viajante. Sim, porque Joana pediu que o seu lugar fosse conservado; que, consumado tudo, voltaria. "Nem espero a semana de nojo, patroa. Venho logo depois do enterro." E, falando em enterro, rompeu em pranto.

Passados oito dias, chegou Joana, mas ainda com a saia estampadinha de encarnado com a qual partira, em vez do vestido de seda preta que lhe dera a patroa, prevendo o luto. Bem, a velha continuava viva. Contou que a mãe estivera de fato muito ruim, vai não vai, mas de repente melhorara. Por isso Joana se demorara mais, até que a melhora parecesse segura. E voltou a trabalhar como dantes.

Aquela quase ressurreição desorientou a patroa. Afinal a velha aparecera de mortalha, e dera o assopro, e sacudira a cama... mas, consultando sobre o assunto os amigos espíritas, eles lhe explicaram que era assim mesmo, e tanto o espírito encarnado como o desencarnado poderiam mandar "avisos". Falaram mesmo em corpo astral e a professora se impressionou muito.

Nesse estado ficou, meio abalada, meio crente, até que um dia sucedeu uma dessas incríveis, dessas raras coincidências que só acontecem na vida real e nos romances de fancaria: recebeu a visita de uma amiga, uma das muitas a quem contara a história da visão. A amiga vinha de propósito lhe narrar a tal coincidência inaudita. Imagine-se que o filho de Joana por acaso fora trabalhar em sua casa, consertando-lhe o jardim. Lá estava fazia uma quinzena, quando inexplica-

velmente desapareceu, por uma semana. Passados os oito dias voltou e alegou motivo de moléstia para a ausência. No jardim, revolvendo os canteiros, podando os fícus, estabeleceu-se entre jardineiro e patroa esse entendimento normal entre companheiros de trabalho. Ela explicava como queria o serviço, ele dizia que na casa do Dr. Fulano fazia assim e assim, que enxerto de mergulho só é bom com lua tal, etc. Afinal ela lhe perguntou que doença fora a sua, dias antes. O rapaz, que enterrava umas batatas de dália, ficou encabulado. Depois teve assim como um assomo de consciência e explicou:

— Patroa, falar a verdade é preciso: não estive doente não. Mas o caso é que minha mãe meteu na ideia ir em casa, com vontade de assistir a umas ladainhas que rezam lá, no mês de agosto. Como estava num emprego bom, teve medo que a dona da casa se zangasse com uma viagem assim à toa e não guardasse o lugar para ela, de volta. Então se combinou comigo, só por causa de não fazer a moça se zangar. Pegou a ter uns sonhos com a minha avó, enfiava os olhos na fumaça do fogo para sair chorando. Aí eu mandei um companheiro fazer uma carta chamando, dizendo que a velha estava morrendo, lá em Suruí. A patroa consentiu logo, naturalmente. Tive que fazer companhia a minha mãe, assistimos às ladainhas e agora estamos os dois de volta à nossa obrigação...

A moça ficou espantadíssima:

— Mas criatura, como é que sua mãe teve coragem de chamar assim a morte para cima de sua avó? Vocês não tiveram medo do agouro?

— Qual, dona! Uma velha daquelas, cega, doente, em cima duma cama, dando trabalho e consumição a todo o mundo, chamar a morte para ela não é agouro; chamar a morte para ela é mais uma obra de caridade. E daí, agouro que fosse, vê-se bem que não pegou...

[Ilha, setembro de 1946]

Amor à primeira vista
(para o Leo)

Vê-lo e amá-lo foi obra de um minuto. Assim diz a modinha e assim é verdade. Meu Deus, eu já tinha ouvido falar nele. Já tinha mesmo apreciado um retrato. Contudo, não esperei que fosse assim. Com aqueles olhos amendoados, o misterioso sorriso esquecido na boca e aquele abandono confiado de quem conhece muito bem a que braços se entrega, de quem só espera o bem, pois nem sabe que existe o mal.

O principal, como já falei, são os olhos. E depois a meiguice. E o beicinho que se encrespa quando faz manha; e como é cheiroso, Senhor, cheiroso. Cheira a flor e a talco, mas cheira principalmente a fruta madura, talvez a maçãs no momento em que são colhidas, talvez àquelas uvas que dão vinho rosado, doces e queimadas de sol.

E sereno. Tranquilo, natural e pacífico, ainda intocado pela pressa do mundo.

Ficou no meu colo bastante tempo, quase imóvel, agitando vagamente um braço ou uma perna, me fitando com aqueles olhos que são o seu encanto maior. Olhos tão inocentes e que trazem dentro de si, por isso mesmo, toda a sabedoria das coisas que nascem completas. Mas não eram olhos vagos de recém-nascido, eram olhos de quem já enxerga, de quem assinala uma pessoa e, fitando-a, de certo modo toma posse dela e a incorpora ao seu mundo.

Houve um momento em que ele pôs a mãozinha no meu rosto e deixou-a estar assim vários minutos. Parecia fazê-lo intencionalmente, como para mostrar o seu poder, dizer "se eu quisesse, você era minha, bastava que eu fizesse mais força com a mão: pois não estou vendo que já está cativa, que tem os olhos cheios de água, que era capaz de ficar de joelhos olhando para mim o resto da sua vida?". Por fim retirou a mão e sorriu — mas não sei para quem sorriu.

Ainda não é homem, ainda não é nem mesmo gente, mas também já não é mais anjo, já participa da condição humana, já chora, já sofre dor, já tem medo, já deseja as coisas, já possui criaturas e objetos, já tem preferências e antipatias. E pensar que naquele corpinho de flor, que cabe quase todo nas palmas das minhas mãos, está um homem em potência. Já está o ser inteiro ali, completo e indivisível, com o seu destino marcado, com a sua personalidade escolhida, tal qual está a árvore dentro da semente. Aquelas mãozinhas de miniatura vão ser mãos de homem, destinadas ao trabalho, ao trato com máquinas, com livros, com utensílios do seu labor de homem — quem sabe até com armas de guerra, se mais tarde ainda houver guerras. E aqueles pés que nunca sentiram o contato do chão, que a seda mais fina pode ferir, irão calcar a terra com força, e firmarem-se nela tomando posse do seu lugar ao sol, e percorrerão caminhos e escalarão montanhas. E aquela boca vai tomar o desenho que compete a uma boca viril e irá aprender todas as palavras, palavras de amor com que há de enganar as mulheres, e palavras ásperas de luta e negócios entre homens, e repetirá teoremas, e recitará versos, e falará línguas estranhas. E aquela cabecinha miúda irá abrigar pensamentos de homem, e conhecimentos, e verdades e talvez mentiras, se mentiras lhe ensinarem. E o pequeno coração que pulsa agora como um brinquedo engenhoso vai receber toda a carga comum ao nosso triste coração humano, e conhecerá o amor e a cólera, e, se Deus quiser, a alegria e a coragem, a felicidade de viver e o prazer do trabalho fecundo.

Agora é uma coisinha de amor, a que só amor tem direito. Mas deixai que se passem alguns anos, e a misteriosa coisinha que nos palpita nos braços, que cheira a fruta madura e nos rouba o coração sem saber o que faz, terá se virado num ente adulto e grave, um homem com todo o seu poder e todos os seus recursos de homem, senhor da sua vida, capaz de escolher entre o bem e o mal — que só o bem escolherá, naturalmente, benza-o Deus.

[Rio, janeiro de 1950]

O padrezinho santo

Hoje contarei uma história, a história de um padre. Sim, era uma vez um padre. Desses bem magrinhos, bem santinhos, que não se importam com roupa, casa e comida, que jamais desejaram ser cônego, monsenhor ou bispo. Andam de sapato acalcanhado, batina curta, muita vez esverdeada de uso. Este meu, quer dizer, este da história, desde pequenino sonhava com ser padre. O pai, todo satisfeito, certa vez explicou aos parentes:

"Ele quer celebrar, dizer missa, segurar na mão a hóstia consagrada... Não é, meu filho?" Mas, para surpresa geral, o menino ficou muito vermelho e explicou: "Não, isso não sei se posso..." O pai fechou a cara. O menino seria um idiota? "Não pode? Como é que não pode? Todo padre celebra missa e segura a hóstia". Mas o rapaz já não o ouvia, saíra correndo da sala. Anos depois, homem feito, explicou à mãe, num dia de confidências: "Naquele tempo eu falei 'não sei se posso', porque não conhecia outra palavra. O que eu queria dizer é que não sei se sou digno".

Ordenado, o padrezinho foi ser vigário de uma freguesia humilde, humílima, vilarejo à beira-mar habitado de pescadores; ficava tão longe de qualquer cidade grande que não dispunha de mercado para a pesca. O pobre povo da terra vivia quase como índios, morando em casa de palha de coqueiro, comendo peixe com farinha, sendo que a farinha era produzida por uns magros roçados de mandioca que eles plantavam de catacumba, na areia mais doce do lado de lá das dunas.

Na sua igrejinha de cem anos, cujo adro as areias às vezes encobriam todo, o padrezinho vivia feliz como um passarinho. Lá dentro, as paredes velhas eram caiadas por ele próprio; nos altares, uns santos de pau, feios e anões, tão antigos que o povo da terra nem sabia de quando datavam; era um São Francisco das Chagas, um São Miguel de saiote dourado e uma Nossa Senhora das Dores que carregava no peito a única riqueza da igreja: sete espadas de prata verdadeira cravadas no coração.

E, assim, vinte e cinco anos naquela freguesia viveu o meu padrezinho, celebrando, casando, batizando, comungando, levando extrema-unção aos moribundos. E, discretamente, sem que disso ele tivesse notícia, foi se espalhando pelas terras em redor que aquele padre magro era santo. A primeira história a respeito contou-a a viúva zeladora da igreja: certa tarde, o padrezinho rezava a sós, no altar, diante do Santíssimo (a devoção especial dele era com o Santíssimo) e ela enxergara bem claro uma luz que saía da altura do coração dele e ia reta na direção do sacrário. Depois foram surgindo as curas milagrosas. A mulher de parto que já perdera as forças, perdera as dores; quando mal se escutava o bater do coração, quer da mãe, quer do filho, chamaram o padrezinho para a extrema-unção. Pois ele ainda bem não se ajoelhara no chão da camarinha e iniciara as rezas, a mulher abriu os olhos, encarou o padre, sorriu, soltou um grito (era a dor que voltava) e a criança nasceu ali mesmo, muito roxa mas ainda viva, e assim se salvaram ambos, mãe e filho.

Depois foi uma moça entrevada que, ao sair da novena, foi beijar a mão do padre e, sem querer, deixou cair a muleta: surpresa, verificou que continuava de pé e devagarinho cruzava um passo e afinal saiu andando, trôpega, sem muleta, sem nada.

Como um rastilho de pólvora se espalhou pelo mundo a fama dos milagres do padrezinho; todos sabemos como anda carecida de amparo sobrenatural esta pobre humanidade devorada pelo natural. E começou a aparecer gente no vilarejo, gente vinda de toda a parte, de quilômetros, de léguas, de incríveis distâncias.

Quem, entretanto, não acreditava naqueles milagres era o próprio padrezinho. Aliás, acreditar não é bem o termo, pois ele cria em milagres. Sua alma de anjo vivia num clima milagroso e não havia prodígio que ele não considerasse muito de esperar da miraculosa mão de Deus. O que não lhe ocorria é que fosse ele próprio, a sua indigna pessoa, mediador dos prodígios. Da luz que lhe saía do peito, ignorava tudo. Os doentes, os paralíticos, os cegos e os surdos-mudos que se diziam curados tinham rezado, não é? E a parturiente moribunda, natural que houvesse intervenção divina, pois não entrara naquele quarto na Santa Espécie o Autor Supremo de todos os milagres?

Contudo, a vozeria do povo teimava. Corriam atrás dele, a lhe beijar as mãos, a batina, até os sapatos. Furtavam-lhe, para guardar como relíquias, trapos de roupa, pequenos objetos de uso — o lápis, o canivete, as estampas de marcar o breviário. Obrigavam-no a benzer litros de água, diariamente. E, em redor da igrejinha, já se formara um verdadeiro arraial de romeiros.

Até que um dia o próprio coração do padrezinho se abalou: meu Deus, seria verdade, seria ele milagroso, realmente? Resolveu fazer uma experiência. Chegou à porta da igreja e viu que na sua direção se encaminhava um grupo carregando um paralítico; recuou, não deixou que o doente o tocasse. Mandou-o em vez entrar na igreja, orar, pedir a cura. O enfermo, cheio de fé, obedeceu, orou, orou — mas saiu da igreja tão paralítico quanto antes. Aí o padrezinho, com o coração batendo como um martelo no seu magro peito, estendeu as mãos para o desgraçado e lhe ordenou que caminhasse. O entrevado, escutando aquela voz, lentamente se sentou na padiola, ergueu-se e saiu andando, até cair, em prantos, nos braços do santo.

Terrível foi o choque do padrezinho. Correndo, abandonou o miraculado, o povaréu que clamava, e foi se atirar aos pés do altar. Então era verdade? Então Nosso Senhor o castigava com aquele dom terrível? Ele, tão humilde, tão indigno, que jamais vencera o seu temor de segurar nas mãos a hóstia consagrada? — Não, é demais, Nosso Senhor, não quero. Não quero ser milagroso, como não quero ser bispo. Perdoai-me, Nosso Senhor, mas nem sequer quero ser santo. Quem sou eu, para ser santo? Quero apenas salvar a minha alma, nada mais. — E chorava e batia no peito, num desespero tão sincero e tão grande, que Nosso Senhor teve pena. E o raio de luz que do coração do padre saía na direção do sacrário, de repente cresceu, fuzilou como um corisco — e como um corisco se apagou. E então, docemente, cansadamente, o padrezinho ajoelhado apoiou a face no tapete gasto do altar.

***

Alguém entrou na igreja e deu o alarma. Tão pequeno era o padre, tão sumido, que um homem sozinho o carregou no colo e o deitou no banco da sacristia. Sim, estava morto e tinha um sorriso no rosto banhado de lágrimas. A zeladora murmurou que o padrezinho desde menino sofria do coração. Ninguém entendeu que fora aquele o seu último milagre.

[Ilha, agosto de 1954]

Conto

O praça desengajado pôs-se a andar de rua afora, se sentindo um novo homem, assim mais ou menos como Pedro Malasartes quando saiu pelo mundo em busca de aventuras, dono de si e da sua sorte, sem farda, sem sujeição, sem sargento nem corneta. Mas, curioso, também sentia uma espécie de perda de prestígio, uma diminuição de estatura. Ao recuperar a condição de paisano perdera as prerrogativas de guerreiro — e será que uma coisa compensava a outra? Note-se que não se tratava de um ex-soldado letrado que entendesse de análise íntima. Ele pensava esses pensamentos por linhas tortas, mas nem por isso com gravidade menor. E de uma coisa tinha certeza, absoluta: não ficaria na cidade grande. Queria chão, horizonte, liberdade. Desejava agudamente sentir debaixo dos pés o assoalho dum trem trepidando e comendo terra. Ver-se depressa no Estado da Bahia, e afinal em Pernambuco, na sua cidade de Petrolina, cujo nome quer dizer cidade do Imperador D. Pedro II. Ou será cidade do petróleo? Hoje em dia tudo é petróleo. De qualquer modo, só recuperaria o seu eu de outrora quando pusesse os olhos na Igreja de Petrolina, a qual, flechando o céu com as duas torres em ponta, perdida entre o casario rasteiro de arruado sertanejo, parece traste de rico emprestado em casa de pobre.

No mesmo dia estava na central, comprando passagem de trem até Belo Horizonte. A primeira coisa que estranhou

— estranhou não é bem o termo —, que constatou, como característica da sua readquirida situação de civil, foi o fato de pagar passagem. Não só pagar, como entrar na fila, sem poder nem autoridade. Chegou a sentir uma vaga nostalgia da farda; mas o cidadão livre é assim mesmo, não tem papai governo lhe dando tudo na boca, como a menino novo. Abra o mundo com os seus cotovelos, se é homem. E pague o que quer com seu dinheiro. Pagou, portanto, consumindo na operação quase todo o conteúdo da carteira. Passagem subiu demais, com esta guerra. Como faria depois o resto do percurso? Ora, Deus proveria.

Saindo da Central, fruiu outra sensação inédita, e com delícia: passou por um general que ia saindo do Ministério da Guerra para tomar o automóvel — um general gordo, de ar poderoso, com o peito atravessado de fitinhas —, entidade que, nos seus tempos de praça, ele só poderia contemplar de longe e tremendo. Pois quase deu um encontrão no general, sem querer, é verdade, e ficou olhando para ele bem de fito, com fôlego um pouco alvoroçado, mas dizendo assim mesmo que não havia perigo, não tinha sequer que fazer continência! Isso mesmo, nem sequer continência! E essa ideia lhe despertou a vontade de repetir o prazer. Àquela hora saíam muitos oficiais do Ministério da Guerra, tenentes, capitães, majores, até coronéis. Ele se encostou num poste, defronte ao edifício do ministério, como se esperasse bonde. A princípio teve a impressão de que era como um presidente viajando incógnito. Depois se lembrou da fita do Homem invisível; o sujeito fica nu, ninguém o enxerga, ninguém pode achar ruim ou bom o fato da sua presença. Para aumentar a sensação de liberdade, desabotoou o colarinho da camisa, enfiou as mãos nos bolsos da calça e se reclinou no poste, na atitude mais relaxada de seu repertório. E foi deixando passar os oficiais, contando mentalmente as infrações que cometia. Negar continência ao seu superior? Quantos dias de cana? Atitude desrespeitosa, falta de compostura na via pública, quantos dias? Colarinho desabotoado, cabeça descoberta, quantos dias? Lembrou-se de um charuto que tinha no bolso, acendeu-o, estufou o peito, bambeou as pernas, e ficou mascando o mata-rato e gozando a impunidade...

 Sempre fora indivíduo pouco inclinado aos prazeres da obediência; mas quer se queira quer não, o quartel cria uma segunda natureza. Era isso que o fazia agora sentir-se um pouco criminoso e, apesar de todos os raciocínios, com tendências a se reprimir, e a se exceder, simultaneamente.

 Depois de uns vinte minutos tornou a andar e foi descendo devagarinho a Rua Larga. Olhando vitrina, apreçando umas calças de porta de loja, à toa; parou no canto da Rua Camerino, perto da fila de gente que esperava para comprar entrada no Cinema Primor. E quando atirou fora o toco do charuto, que já o estava enjoando, bateu com o cotovelo numa pessoa da fila, que lhe ficava à direita. Era uma morena toda roliça, de cabelo esticado a fogo e erguido num topete de meio palmo, vestido de seda lustrosa aberto de renda nos ombros. As desculpas que ele pediu foi num "Ó xente!" tão sentido, que a morena sorriu e deu conversa. Pouco depois ela dizia: "A gente logo vê que o senhor é do norte". Ele concordou que era do Estado de Pernambuco e ela disse que ia ver o filme *Santa* pela terceira vez. Ele então perguntou se a senhorita lhe daria o prazer de deixar pagar a entrada dela. A senhorita respondeu sorridente que não precisava ele tomar incômodo. Ele disse que tomava o incômodo por gosto e repetiu o "Ó xente". A moça então riu, falou que não pensasse que ela era assim com todos, que não gostava de dar confiança a rapaz carioca que não sabe respeitar, que para respeitar não há como nortista. E nesse novo sorriso ele lhe viu um dente de ouro, bem pequeno, quase escondido no canto da boca, que era ver mesmo uma joia guardada em caixa de cetim. Perturbado, baixou o olhar para o chão, e notou que ela tinha as unhas dos pés pintadas de esmalte quase roxo e um sapato de camurça verde, amarrado com fita

no gargalo da perna. A moça se apercebeu de onde ele punha vista e contou que tinha comprado aquele sapato no subúrbio, mas todo o mundo pensava que fora em casa da Rua Gonçalves Dias. O rapaz concordou que era chique. — Pois é, no subúrbio, quem sabe comprar acha de tudo. Seda boa, sombrinha, fazenda da coordenação... Ele aí interrompeu para arriscar o primeiro galanteio, pois o "Ó xente" inicial fora antes um grito d'alma. E disse: "Tem até morena preciosa como você, santinha..."
Ela se mostrou agradada e perguntou-lhe se já estivera em Marechal Hermes. O ex-soldado, que momentos antes se gozara tanto da ausência da gloriosa farda, alegou imediatamente os seus anos de quartel e o seu profundo conhecimento não só de Marechal Hermes como Deodoro, Realengo, etc.

Para surpresa do pernambucano, disse-lhe a moça que se soubesse que ele ainda vestia uniforme militar, não dava conversa. Todo soldado é convencido, pensa que não tem moça que não morra por farda. E ele, ouvindo assim refutada uma das suas convicções mais essenciais, perguntou atônito: "E não morre mesmo?". A morena negou; mas negou sem força e ele viu que na verdade elas morrem; farda é uma coisa que assenta tão bem em homem como a espada em São Miguel, e se um rapaz vale dez à paisana, vale cem no verde-oliva. A morena ainda contestou que por isso mesmo eles todos são convencidos e, o que é pior, não podem casar.

Por essa altura já estavam comprados os ingressos. Entraram; a fita tinha começado, estava escuro que era um horror e dificilmente descobriram dois lugares nas cadeiras do fim. Se sentaram, ele deu um suspiro, mas do suspiro não passou. A morena foi logo explicando que a Santa não era bem santa, era até mulher da vida, e aquele que tocava piano era cego e tinha paixão por ela; Santa porém não ligava muito a ele, queria era o toureiro, também não admira porque o toureiro era um amor. O nosso amigo antipatizou bastante com o toureiro e detestou de imediato a lambisgoia do cego. Prestou mais atenção foi ao cheiro de loção *Organdi* que saiu do lenço da morena quando ela enxugou os olhos na hora em que os dois irmãos de Santa vêm contar a morte da velha mãe. Aí veio de novo o toureiro todo vestido de ouro, e a morena tornou a vibrar. Ele já estava enjoado de tudo; diabo dessas mulheres que se embelezam com figura de homem de cinema. Dá vontade de ensinar para elas que homem de verdade é outra coisa. Mas ficou quieto no seu lugar; ela tinha dito que era moça de família, e não seria por estar no Rio e ter sido soldado alguns anos que ele ia desrespeitar a moça — nem sendo um fim de mundo como aquele.

Afinal acabou a fita e a morena olhou as horas no relógio de pulso dele. Que horror, tinha de pegar o trem das sete e cinquenta senão que hora chegaria em casa? Mas na saída ele ainda insistiu para que tomassem um refresco de groselha e ela aceitou, mas de carreira. Na Central ele comprou duas passagens de primeira para Marechal Hermes. A morena parece que já esperava a companhia, porque não disse nada. Fez assim como quem pensa que o moço morava por aquelas bandas.

Lugar no trem não tinha mesmo; agarraram-se aos pendentes do teto e foram se rindo, sacolejados, empurrados contra os outros passageiros. Ela disse que parecia a brincadeira da gata, mas foi preciso repetir três vezes porque era quase impossível ouvir, com a trepidação e o arrocho.

O condutor veio cobrar as passagens; o nosso amigo, com dificuldade, meteu a mão no bolso e ofereceu ao homem o cartãozinho. Só deu acordo do que fizera quando o condutor estrilou, reparando no que lhe entregara o passageiro; e ele teve um baque no coração: dera a passagem do dia seguinte para Belo Horizonte, em vez das duas passagens do elétrico para Marechal Hermes. E pior é que o desgraçado do condutor nem sequer pediu desculpas por ter estragado o precioso cartão, com um buraco do marcador! Estonteado, o rapaz erguia por sobre as cabeças dos companheiros de carro

o pedaço de cartolina que era a sua viagem perdida, a terra natal, a Igreja de Petrolina, as duas torres; levou minutos assim, calado, até que a morena estranhou, levantou a cabeça, viu os beiços brancos do novo amigo e perguntou que coisa tinha acontecido.

Porém quando ele foi explicar, o trem deu uma parada repentina. A morena lhe encheu os braços com o corpo todo, como uma onda macia, mas pesada, que cai sobre a gente, na praia.

E, esquecidos, os dois se uniram na mesma risada.

[Ilha, junho de 1946]

Menino pequeno

Ele descia a ladeira e vinha só. De cor era branco, de tez era pálido — dessa brancura descorada de criança que não come vitamina, filho de emigrante pobre que não herdou as cores rosadas da gente da terra velha e não adquiriu ainda o moreno igualitário da terra nova. Num pé só, calçava um acalcanhado sapato de lona. No outro, uma tira negra encordoada, que há tempos fora uma atadura. Vestia uma jardineira azul, que na certa pertencera a um menino mais velho, pois a barra das calças arrastava atrás; os bracinhos nus, ao frio da manhã sem sol, de tão arrepiados eram ásperos, azulados.

É de notar que o pequeno, ao descer assim a ladeira empedrada, não ia à toa, tinha um propósito, embora singular. Porque na mãozinha suja como ele todo carregava — calculem! — carregava uma rosa. Uma grande rosa cor-de-rosa propriamente dita, tão bela, tão preciosa, dessas que só medram em jardim de governo ou em jardim de rico, pétalas de porcelana, mal desabrochada, formosa, frágil como uma bolha de sabão. E o pequeno, evidentemente, tinha consciência daquela beleza e daquela fragilidade. Pois caminhava de leve, a mão direita que segurava a rosa era mantida rígida, embora um pouco trêmula, e a mão esquerda de vez em quando se erguia à frente para afastar da flor uma rajada de ar, ou qualquer perigo invisível — assim como a gente levanta a mão a fim de proteger a luz de uma vela.

Para onde iria aquele menino com tais cuidados, carregando aquela rosa? Para dar, para entregar, ou para ficar com ela, embriagado pela enamorada alegria de ser dono do que é belo? Eram oito da manhã. Ele teria no máximo uns seis anos, levando-se em conta a desnutrição, o seu possível raquitismo de garoto pobre. Pois, se não fosse a carinha viva, pelo tamanho a gente diria que não passava dos quatro. Cruzou comigo, que comprava os jornais na banca, e não levantou os olhos, embebido na flor. Virou a esquina. Depois se sumiu no meio dos transeuntes que iam em busca da feira da Glória.

***

Quem seria mais frágil, o menino ou a rosa? Ah, quem pode dizer neste país quanto durará um menino? Aquele, aquele, azulado pelo frio na sua velha jardineira sem mangas, será que escapa da pneumonia, será que escapa da septicemia com o pé infeccionado dentro da atadura negra, será que escapa do atropelamento, sozinho no meio da rua, absorto na sua rosa, sem ver o lotação matador que o aguarda no atravessar do asfalto, será que escapa da tuberculose assim tão mal comido e mal vestido, será que escapa da vida, menino sem dono, anão perdido na cidade grande?

Vi uma vez uma fita americana chamada *They were expendable*. Tratava de soldados na guerra e o título quer dizer mais ou menos — "eles são para gastar" ou "eles são para jogar fora". Assim também é menino neste país. Não nasce para nada — nasce para se perder, para morrer, para ser jogado fora.

Tanto trabalho, tanta agonia custa um menino. E mesmo que não custe nada, mesmo que nasça de parto sem dor e se crie sozinho pelas estradas sertanejas, pelos pés de serra, pelas calçadas do Rio; quanto custa a ele viver, quanto vale aquele pequeno milagre de vida que um dia pode chegar a ser homem!

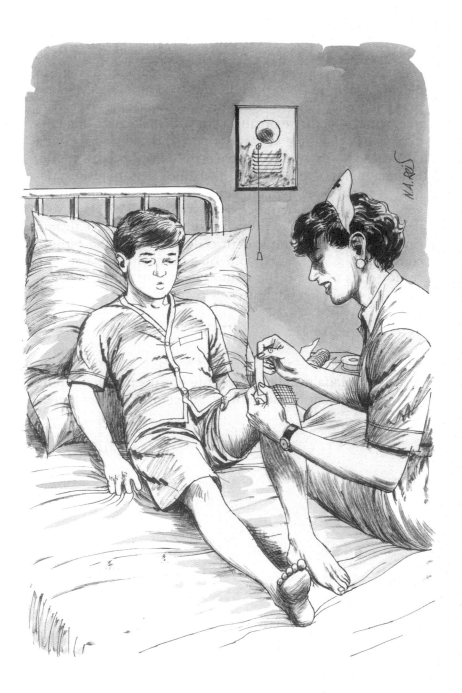

Sim, sei que a gente nasce para morrer. Mas não tão cedo. Não tão depressa que não dê nem para sentir o gosto da vida. Quem se dá ao trabalho de vir ao mundo deveria ter pelo menos um direito garantido — o de sobreviver. Para que, afinal, a gente se organiza em sociedade, para que obedece às leis, para que aceita essa porção de contratos com a civilização — casamento, serviço militar, impostos, moral, semana inglesa, Ministério do Trabalho, eleição, justiça, polícia — se em troca nem ao menos se garante a *chance* de viver a um menino que nasce debaixo dessas leis? Ele nasceu perfeito, tinha pernas e tinha braços, tinha coração e fígado, tinha alma e tinha amor dentro do peito, e tinha ternura com a sua rosa. E então por que ninguém lhe assegura, como todos os bichos da natureza aos seus filhotes, o sustento e a proteção enquanto deles carece?

***

"*Rose, elle a vécu se que vivent les roses...*" Ah, a eterna verdade cantada pela boca inocente dos poetas. Quem teria vivido mais, meu Nosso Senhor, aquele menino ou aquela rosa?

[*Glória, julho de 1956*]

História alegre

Era um arigó de cara larga, largo de ombros, largo de passos, riso mais largo ainda. Vestia uma roupa surrada, as calças remendadas no joelho, tamanco no pé. Mas a sua alegria não era apenas a famosa alegria do homem sem camisa: era mais complexa, de causa mais filosófica. Ele não gozava a simples satisfação animal de viver; sentia-se um predestinado, um querido dos deuses.

" — *Homem, não vê, dona — eu sempre fui pessoa de sorte. Desde o começo. Minha mãe teve onze filhos, veio o garrotilho e matou três num dia só, depois mais três foram morrendo de um em um, de doença de criança, e quando apareceu o paratifo no 32, matou o resto. Quero dizer, matou o resto menos eu. Fiquei sozinho com os velhos. Continuei vivendo nem sei como, que por esse tempo era esmirrado, amarelo, comedor de terra. Lá pelos quinze anos foi que comecei a botar corpo de homem; também comia tanto que até fazia vergonha. E mode não ver a velha ralhar, acabado o almoço eu ia na bodega escondido e comprava de bolacha o tostão que tinha no bolso, pra poder confortar o estômago. Comendo em casa alheia, saía sempre com fome.*

"*Sim, por esse tempo o velho meu pai já tinha morrido de uma dor que lhe deu, bem aqui no vazio — lá nele. Minha mãe foi lavar roupa na casa duma gente rica, e eu tive que ir trabalhar à distância de dez léguas, num açude do governo. Porque me esqueci de dizer que era seca brava, nesse ano em que meu pai morreu. Aí a velha também deu para ficar doente — era uma dor, era um cansaço, uma falta de fôlego — com* pouco foi-se embora também, dizia ela que pra junto do finado e dos dez anjos que tinha no céu. Isso ela falava quando já estava variando, a bem dizer de vela na mão.

"E eu, acabou-se o serviço do açude, houve um inverninho escasso, me encostei nuns tios, trabalhando com eles. Mas sempre com esta minha sorte esquisita, quando dei fé morreu o tio, a família se espalhou, a viúva minha tia foi morar com um genro. Desta vez fiquei mesmo só no mundo. Me meti com uns tangerinos, levando gado do Quixeramobim para a cidade. Trabalho ingrato, porque com esses anos ruins o gado não engorda nem bota força, cai à toa, é raro se chegar com o lote de reses inteiro. Sempre morre um bocado em caminho.

"Com a idade de vinte e dois anos, fiquei noivo de uma moça. E lá vem a sorte de sempre. Quero dizer..."

(Ele aí fez uma pausa e sorriu meio envergonhado, como se fosse contar que trapaceara com a sorte.)

"... eu ia dizer que ela também morreu e não mentia; mas a verdade é que morreu porque eu furei ela de faca. Descobri que andava de namoro com o cunhado, marido da sua própria irmã dela. E nem namoro não era só, coisa pior ainda, que o desgraçado tinha era feito mal à criatura. Deus que lhe perdoe, a todos os dois. Se bem que ele não morreu, a facada pegou muito embaixo, furou só a tripa e o doutor da Santa Casa costurou outra vez.

"No júri só peguei seis anos e assim mesmo me soltaram com quatro, porque teve uma revolta na cadeia e eu ajudei os guardas a pegarem os presos; tive uma pendenga com o chefe fujão, nos pegamos mesmo na hora e atrapalhou-se tudo.

"Quando saí da cadeia — isso foi em 47 — fui trabalhar na estrada de ferro e tornei a ficar noivo e me casei. Mas não digo à senhora que minha sina é de sempre acabar só? Minha mulher morreu nos nove meses de casada, e com ela morreu a criancinha, na hora de nascer. Dessa vez fiquei desgostoso. Não é por ser minha mulher, mas era uma moça boa, trabalhadeira, me fez muita falta, que eu lhe tinha amizade e ela a mim.

"Continuei uns tempos na estrada e por duas vezes escapei de morrer de desastre; primeiro foi um trole que virou com todos os meus companheiros, justamente no dia em que eu tinha faltado ao serviço. Depois um trem doido que apareceu fora do horário, pegou a turma toda num corte da linha, escapamos por milagre, com as costas enterradas na barreira e os carros passando, tirando fogo no peito da gente.

"Chegou 50, 51, cada vez pior, trabalho acabou-se, a necessidade atacou todo o mundo, acabei resolvendo me chegar para cá, arrumei o dinheiro da passagem e embarquei num pau de arara desses. A senhora não viu falar num caminhão que virou na serra, com quarenta e seis pessoas dentro? Pois eu vinha nele. Saiu gente ferida, uns morreram, outros aleijaram — mas eu escapei sem quebrar uma unha que fosse."

(Deu a sua gargalhada clara e feliz.)

"Não é uma sorte engraçada? Acho que pessoa mais feliz do que eu, neste mundo não há. Agora trabalho numa pedreira; lido com dinamite, que é objeto perigoso danado. Os outros todos têm medo, menos eu. Sei que se aquele diabo estourar de mau jeito, pode pegar os companheiros, a mim não pega. Não é corpo fechado, não é reza, nunca fui homem de usar patuá; é sorte mesmo, sorte feliz. Dizia a finada minha mãe que era o anjo da guarda; quando eu era menino talvez fosse; mas hoje em dia, Deus que me perdoe se for pecado, não acredito que o anjo da guarda fosse andar atrás dum bicho feio e ruim que nem eu...

"E hoje estou por aqui, rolando... Por ora me dou bem, neste Rio de Janeiro. Casar não me caso mais, nem mesmo sigo esta moda de ajuntar, que aqui se usa muito. Gosto duma moça, mas falar a verdade, tenho medo... com essa sorte que eu tenho... A gente afinal de contas não gosta de ver os outros morrer... mormente se tem amizade, não é mesmo, dona? Deixa a pobrezinha continuar vivendo..."

[Ilha, fevereiro de 1951]

O menino que morreu duas vezes

Enterrou-se ontem, mordido de cobra, Chicó Pepé, o menino que morreu duas vezes.
Nascera com um pezinho torto, o direito. O doutor na maternidade disse que aquilo mais tarde se consertava, se usasse um pequeno aparelho. No mais, era um menininho normal, olhos muito pretos, cor café com leite — sim, aos oito dias apresentou umbigo alto e custou muito a endireitar. Fechou a moleira quando chegou o tempo, sentou-se, engatinhou, saíram os dentes, andou e falou tudo na sua hora.
A singularidade notória do menino era entretanto outra: registrou-se duas vezes e duas vezes se batizou.
A mãe, Maria José, por alcunha Maizé, moça-mãe, ou mãe-solteira, arranjara meio ao acaso aquele filho, ao qual se atribuíam muitos pais. Ela era de um tipo que se conhece mais nas cidades — podia ser promíscua mas não afixava amores, ninguém lhe conhecia caso certo e escandaloso; fazia tudo com reserva e quase poderia passar por moça, não fosse a língua do povo e a indiscrição dos parceiros.
Mas tudo tem um limite, e gravidez e parto, e filho pequeno, não são coisas fáceis de esconder.
Estava pois a pobre Maizé nos seus antojos muito encobertos, quando por casa lhe passou D. Mundinha, membro da aristocracia econômica das classes humildes da terra, porque o salário mínimo do marido, barnabé federal, é riqueza no sertão.

D. Mundinha, criados os filhos, sozinha em casa com o seu velho, davam-lhe nostalgias da maternidade, de crianças pequenas. Pensava em arranjar um menino para criar. A adoção não representava despesa; só trabalho, e isso era gosto. O salário-família, nessas terras de padrão de vida tão baixo, dá de sobra para alimentar uma criança. Até mesmo se tornara uma oculta indústria familiar, nos lares dos funcionários, adotar filhos falsos; aumenta-se a mão de obra doméstica e ainda se ganha o salário. Não sei se D. Mundinha já farejava a gravidez de Maizé; seria muita coincidência vir com aquela conversa, naquela hora. Mas coincidências dão--se, não é?

— Ah, suspirava D. Mundinha, se eu arranjasse um bichinho para criar lá em casa! Mas queria dado na hora de nascer, registrado e batizado como meu, sem perigo do pai reclamar, da mãe se arrepender... Filho assim de uma moça sem marido...

Maizé resolveu abrir-se. Se D. Mundinha arranjasse um menino dado, prometia criar como se fosse seu, com todo amor?

— Ensino a me chamar de mãe e ao Chico de pai. Apronto tudo — enxoval, leite em pó, talco, rede nova, como se fosse meu mesmo. Até já tenho em casa um cordão de ouro com medalha, que foi do Luís, para botar no pescocinho dele.

Pois então D. Mundinha podia esperar. Dentro de uns seis ou sete meses — e Maizé sorriu encabulada. — Eu já não sabia o que fizesse com a minha vida. Já tinha pensado em ganhar o mundo ou tomar veneno. Mas a senhora cria...

E assim garantida Maizé se conformou com tudo, até com os ralhos da velha sua mãe que bradava noite e dia contra aquela pouca-vergonha. Não que filho apanhado fosse um caso único naquela família. Apareciam sempre, um ou dois por geração, como os ratos brancos recessivos das experiências do Padre Mendel. O próprio pai de Maizé não nascera em matrimônio, nem um dos seus tios, alguns primos e dois sobrinhos. A bisavó, cativa, morreu solteira e assim mesmo deu ao senhor uma porção de crias pretinhas, mulatas e sararás, ao acaso das simpatias de um dos moços da casa-grande, do feitor caboclo e de um companheiro de senzala. Só não foram cativos também porque nasceram depois do Ventre-Livre. Mas se os maus passos eram da tradição, também era costumeiro as mães ralharem e surrarem as filhas erradas. Se bem que Maizé não chegou a apanhar da mãe. Mas que ouviu, ouviu. E chorou, e suspirou e falou em fugir ou morrer, não fosse a promessa de D. Mundinha. Afinal chegaram as dores, o vizinho dono de um caminhão levou-a à maternidade, e Maizé deu à luz, ou como se diz na terra dela, descansou. No terceiro dia D. Mundinha, avisada com atraso, veio receber o menino. Maizé, coitadinha, bem lhe tinha dito que não desse de mamar ao filho pra não criar amor. Mas deu, e assim quando viu entrar D. Mundinha na enfermaria, sentiu-se como uma dessas pobres-criaturas que fazem pauta com o cão: na hora certa de pagar a dívida o diabo não falta para cobrar o que é seu.

    Mas palavra era palavra, D. Mundinha lhe fazia medo, gorda e de fala grossa, e Maizé entregou a criança. A outra logo o vestiu na camisa nova que trouxera para o batizado. Batizaram-no por Agenor César, pois D. Mundinha só gostava de nome de encher peito; e no mesmo dia foi registrado, como filho legítimo da própria D. Mundinha e de Francisco Amâncio Pereira, seu esposo.

    Maizé voltou para casa, os seios tão fartos de leite que lhe vazavam pela cintura abaixo. E mais cheio e mais pesado que aqueles peitos inúteis, era o coração de mãe saudoso do pequenino.

    Maizé chorava a noite toda, e de dia era com o olho no caminho para ver se aparecia alguém da casa de D. Mundinha, que lhe desse notícias do menino. Maldita hora em que prometera seu sangue àquela cigana carregadeira de filho alheio. Não comia, não penteava o cabelo, não enfiava uma agulha. Só calada, olhando pro tempo. Até que a velha mãe dela perdeu a paciência e foi procurar D. Mundinha. Explicou que estava com medo que a filha morresse ou perdesse o pouco juízo que já tinha. Três vezes quebrara o resguardo, tomando sereno no terreiro, comendo fruta azeda, saindo no sol quente. Parecia mesmo que procurava a morte. D. Mundinha zangou-se muito, com gente sem palavra ela não se dava, o menino era dela, assinado no papel. E brandia a certidão de registro e o papel do batistério. Mas a velha era fina e ameaçou ir no delegado contar tudo. Maizé se arrependera — todo mundo pode se arrepender. E o filho era dela, não era? Tinha o testemunho do pessoal da maternidade, do doutor que fez o parto — e sendo o menino aleijadinho do pé, não podia haver engano... À voz do delegado, D. Mundinha recuou. Sem querer — ou querendo, a bruxa velha tocara um ponto delicado. É que o instituto andava apertando muito com essas falsas declarações de nascimento. Cada pai de família alegava uma data de filhos, adotando estranhos, incluindo no rol sobrinhos e netos, virando parto simples em gêmeos — uma indústria! E quando se soubesse que o Agenor César fora registrado como deles, sem ser...

Afinal entraram em acordo; D. Mundinha devolvia a criança mas Maizé calava a boca e esperava que Seu Chicó desse parte da morte do menino, cancelando o registro. Maizé teve medo do agouro, mas já estava por tudo. Com quinze dias foi na cidade, arrancou um dente de ouro maciço, presente de um admirador antigo, e vendeu o ouro no ourives para fazer os trezentos cruzeiros do novo registro. Não que fosse costume gente como ela registrar os filhos; mas aquele caso era especial e a pobre queria marcar definitivamente a retomada do garoto. Deu-lhe novo nome, abandonando com certa pena o Agenor César; e, como lhe ficassem dúvidas se o batizado valia também de novo, batizou-o, agora como seu. E o chamou de Francisco Luís, em homenagem, ou lembrete, aos seus dois mais prováveis pais.

Naturalmente que nem aos dois anos, nem aos quatro, nem aos seis, Francisco Luís, ou Chicó da Maizé, como também o chamavam, procurou médico pra lhe endireitar o defeito no pé. Ficou andando assim mesmo, com o pé para dentro e, quando a mãe o pôs na escola, os outros meninos passaram a chamá-lo Chicó Pepé. Mas só ficou na escola dois meses. Era longe e ele tinha preguiça — alegava que o pé lhe doía com a caminhada. A avó, que tão mal o recebera quando ele ainda era apenas o erro da mãe, agora o queria com amor apaixonado. Passou-lhe a mão na cabeça — tinha raiva do apelido e fora na escola que o neto o arranjara. Ora, na sua família nunca houvera ninguém que soubesse ler, quando muito assinar o nome, e nem por isso deixavam de apanhar milho e feijão no roçado, que era o importante.

Por esse tempo Maizé fora passar uns meses na cidade, e lá entrou de amores com um pescador de lagostas, que lhe botou casa — embora fosse de palha e nas areias. Chicó Pepé foi ficando com a avó; aos dez anos, ao atravessar a linha do trem, tropeçou no trilho, fraturou o tornozelo, logo o doente. No mesmo hospital onde nascera encanaram-lhe o pé e lhe retificaram o defeito; quando se retirou o gesso, verificou-se que o pé já não era torto, mas reto para frente, como o de todo mundo.

Estava Chicó nos doze anos, quando um dia em que ajudava a limpar no roçado, bateu sem querer com caquinho da enxada na rodilha de uma jararaca, e a cobra o ferrou na carne da perna. No lugar ninguém possuía injeção de soro. E que tivessem, talvez nem servisse de nada, porque o menino quando se viu ofendido, assombrou-se e saiu correndo até em casa — correndo e gritando enquanto pôde. A avó o recebeu nos braços, mas ele já estava sem fala. Logo mais vidrou os olhos; enquanto um rezador o benzia, veio o cirro. Mal acabara a reza, já era morto. A vela da reza foi a mesma que lhe puseram na mão e talvez já fosse tarde.

A graça é que, ao anotarem nos livros do Governo a morte desse pequeno cidadão, ninguém estará sabendo que ele já estava morto desde doze anos passados, quando tinha quinze dias de nascido e ainda se chamava Agenor César. Ninguém, quero dizer gente que sabe ler. Porque o povo do lugar tudo sabe — e muito se fala no menino que morreu duas vezes — mas analfabeto não conta, não é eleitor nem assina depoimento. E dar depoimento pra quê? Morto é morto, uma vez, ou duas, ou dez que assentem no livro.

[8-9-1962]

A árvore da ciência

Sim, é a velha história da árvore da Ciência: melhor não provar do fruto e não saber. Viva a gente, leitor, como você e eu, que só temos uma ideia vaga daquilo que nos ocorre nas entranhas, e, enquanto a febre não sobe aos quarenta, a dor não pede grito e a tontura não vira vertigem — achamos que tudo vai bem.

Já os tristes doutores, que fizeram o seu reino no mundo das tripas, o seu ofício é o Saber, e no Saber está a tragédia. Não conseguem dissociar o homem do médico — nem sequer nos braços da mulher amada. Sei de uma dama que, tendo ao colo a cabeça do seu doutor predileto, murmurou liricamente para ele: "Está ouvindo o bater do meu coração?" E ele, erguendo os olhos: "Ouço, sim, meu bem. Por sinal você está com a sua boa aortite..."

Enquanto há mocidade na casa dos vinte, dos trinta anos, tudo para eles vai bem: mocidade, mesmo em médico, tem queda para se considerar imortal. Mas assim que eles chegam à zona dos quarenta, começam as preocupações. O doutor entra a ser seu próprio paciente. A se tornar consciente das artérias, do fígado e mais vísceras. Suspeitas de úlcera, de hepatite, de nefrite: as possibilidades são riquíssimas. Contudo, essas suspeitas vagas não são nada, até que o infeliz chega à faixa crucial — a dos cinquenta anos. Porque aí começam as realidades. Ele vai descobrindo, com os próprios sentidos atentos, o desgaste da máquina. A pressão que sobe. O tônus que baixa. A menor tolerância para o álcool.

Ninguém mais do que ele tem a consciência progressiva de que algo se muda, algo se extravia — e aos poucos perde a insolência de ser homem, em troca da humildade de ser velho. E assim, vai se entregando, vai cedendo — quando um dia, ao tomar a própria pressão arterial... Mas é melhor contar um caso, que exemplifique a tese. Não há como um apólogo (no caso, autêntico) para fazer entendida uma teoria.

Era um doutor, nosso conhecido. Solteiro, ou antes solteirão, pois já fizera os cinquenta e dois. Boa figura, boa prosa, bem-tratado — era pessoa que cuidava de si, graças a essa tendência que têm os solteirões de se supervalorizarem, em vista do cerco que ainda lhes fazem as damas, no mercado matrimonial. O nosso herói, ainda no rol dos bons partidos, aproveitava a situação. Tinha as suas amigas, levava-as ao Municipal, às boates (ficava muito bem em *black-tie*). Convidava-as a jantarinhos íntimos, não sei se tinha gravuras no seu apartamento, mas tinha eletrola e bons discos. Médico, como disse, tinha um serviço hospitalar do qual se orgulhava, pelo qual brigava — era mesmo a menina dos seus olhos. Esqueci de dizer também que o homem era abastado e bem-nascido — o que lhe favorecia ainda mais os êxitos profissionais e sociais. Enfim, não posso afirmar que fosse um príncipe, porque entre outras deficiências menores não sabia dirigir e não tinha automóvel, mas na hierarquia do *society* podia ser seguramente um marquês.

Pois um belo dia o nosso homem ao descer do lotação, defronte do hospital, sentiu uma leve tontura. Foi coisa rápida, com pouco já estava de uniforme, batia um papo, tomava café, brincava com uma acadêmica, dava uns gritos na enfermeira, iniciava a visita na enfermaria. E eis que o primeiro doente (que o detestava), antes de dizer se melhorara da falta de ar, olhou-o bem e comentou: "O senhor hoje está com a cara ruim, hem, doutor", e a enfermeira, também com ódio, ajudou: "Eu já tinha reparado". Impressionado com aquela unanimidade que se seguira à tontura, o doutor, terminada a visita, foi à sala dos médicos e chamou um colega mais íntimo: "Fulano, vem cá, me tira a pressão". Fulano zombou, perguntou o que ele estaria planejando para a noite, mas o outro insistiu, tiraram. O paciente logo notou no amigo aquela expressão característica que os médicos pretendem ser de impenetrabilidade e não passa de uma cara muitíssimo agourenta, capaz de assustar o mais bravo. E Fulano falou, grave: "Meu caro, a gente vai ver de brincadeira e sempre acha qualquer coisa. Talvez seja emoção do exame — por outro lado você já não é nenhuma criança — mas a pressão está a dezesseis". E fulano volta jocoso: "Cuidado com o programa desta noite!".

Nada mais precisou ser dito. Nosso doutor era suficientemente médico para saber o que significava aquela pressão a dezesseis. E já que entrara a deslizar na ladeira das suspeitas, fez como certos maridos — quis saber tudo. Dosagem de ureia — e o papelinho do laboratório lhe aumentou o frio do estômago: 0,55. Colesterol? Aumentado. Densidade de urina — um pouco baixa. Sim, um pouco. Só um pouco. Tudo passava um pouco do normal, não era ainda a moléstia, a morte — mas era um aviso. E ele resolveu consultar a sumidade. Foi ao consultório do mestre com aquela humildade característica dos profissionais diante do superior técnico. Submeteu-se como um cordeiro. O professor leu os exames, pediu outros, auscultou, mediu, confirmou: "Sim, um início de arteriosclerose — talvez com ligeiro comprometimento renal, muito encontradiço na idade do colega. Mas com cuidados — higiene, dieta, não pensaremos em coisas sérias por muitos anos ainda, não é mesmo?". E o professor riu, citando-se a si mesmo, com a sua pressão de dezoito a vinte, seus problemas gástricos... Como se aquilo consolasse, um velho com os pés na sepultura, todo mundo estava vendo!

E estava instilado o veneno. O doutor começou a ler — e de autor em autor foi aumentando as suspeitas. Quem sabe não seria uma nefrosclerose maligna? De qualquer forma, o homem aconselhou repouso e — primeira etapa, ele tratou de abandonar o serviço, o seu precioso e amado serviço — mas que o cansava demais. Arranjou uma sinecura, por aí. Bebida também — e renunciou ao uísque. Dieta — e renunciou aos prazeres de *gourmet*. Para poder renunciar a outras gulodices, renunciou às boates, ao Municipal. Com o passar dos meses, e um ano, e outro, de renúncia, o solteirão chibante e bom partido já não é mais que um velho — e cauteloso, e escravo da dieta e dos remédios, escravo das artérias e dos rins — a ter pesadelos cada vez que aumenta um miligrama na ureia, sabedor de todas as hipóteses prováveis, eternamente a temê-las, a espreitá-las, a evitá-las. Enfim, um morto a prestações.

E se passaram dez anos nessa agonia, em que o nosso amigo praticamente não viveu.

No mês passado morreu, afinal; de um câncer de pulmão que em dois meses o levou. — Sim, um câncer, que não tinha nada com a história.

[8-6-1957]

Conhecendo a autora

Rachel de Queiroz

Palavras certeiras

Considerada uma das mais importantes escritoras brasileiras, Rachel foi a primeira mulher a entrar para a Academia Brasileira de Letras.

Rachel de Queiroz nasceu em Fortaleza, Ceará, em 1910. Viveu a maior parte da infância entre a capital e a pequena cidade de Quixadá, com breves passagens pelo Rio de Janeiro, quando a família tentava fugir da terrível seca que assolara o Ceará em 1915, e por Belém. A farta biblioteca da mãe e o estímulo da avó, de quem herdou o nome, fizeram de Rachel de Queiroz uma leitora e uma escritora precoce. Aos 16 anos ela já escrevia profissionalmente para jornais e revistas e aos 18 tinha pronto seu primeiro romance *O Quinze*, publicado em 1930. Esse livro, mesmo sendo de estreia, já apresentava as características que marcariam toda sua obra: a denúncia dos problemas sociais do Nordeste, como a seca e a fome, e a defesa de uma sociedade mais justa.

A escritora sempre demonstrou ser uma mulher de fibra. Tanto que certa vez, em 1930, Rachel foi eleita a "Rainha dos Estudantes". Com a presença do Governador do Estado, a festa da coroação estava em andamento quando chegou a notícia do assassinato do governador da Paraíba, João Pessoa. Abismada com a notícia, Rachel jogou a coroa no chão e deixou às pressas o local, com uma única explicação: "Sou repórter". Um comportamento que não condizia aos de outras "senhoritas" da época.

Criada em ambiente de absoluta liberdade intelectual e religiosa, Rachel entrou para o Partido Comunista em 1931, mas logo rompeu com o grupo. Declarando-se apenas democrata, manteve-se ligada a forças progressistas, o que lhe valeu a prisão em 1937, pouco antes do golpe de Estado de Getúlio Vargas. Nesse mesmo ano, lançou *Caminho de pedras*, um livro engajado política e socialmente. Além de romances, escreveu crônicas e peças de teatro e foi tradutora de autores clássicos, como Balzac e Dostoievski.

Dona de uma obra em que a preocupação social está intimamente ligada ao cuidado com a linguagem, Rachel de Queiroz foi a primeira mulher a entrar para a Academia Brasileira de Letras, em 1977.

Em 1992, saiu seu romance *Memorial de Maria Moura*, aclamado pelo público e pela crítica pelo estilo vigoroso e os personagens fortes, constituindo um denso painel da realidade brasileira. Transformado em minissérie pela televisão em 1994, a obra alcançou grande sucesso.

Numa entrevista que concedeu por ocasião de seus 70 anos, a autora fez duas declarações que sintetizam bem sua forma de ver o mundo e a marca de sua literatura: "O mundo é difícil, complicado, perigoso". Mas, apesar disso, ela confessa: "Acredito principalmente no gênero humano".

Rachel de Queiroz faleceu em 2003.

Referências bibliográficas

Os textos que compõem esta antologia foram extraídos das seguintes obras:

QUEIROZ, Rachel de. *Cem crônicas escolhidas* ("Mationã", "Mimiro", "História", "O viajante", "Um punhado de farinha", "Os filhos que eu nunca tive", "Simples história do amolador de facas e tesouras", "Bogun", "Quaresma", "História da velha Matilde", "Crime perfeito", "Conversa de menino", "Metonímia, ou a vingança do enganado", "Um caso obscuro", "Amor à primeira vista", "O padrezinho santo", "Conto", "Menino pequeno", "História alegre") e *O caçador de tatu* ("Seca", "Amor", "Neuma", "O barco", "O menino que morreu duas vezes", "A árvore da ciência"), in *Obra reunida*, volume 4. Crônicas selecionadas e prefaciadas por Herman Lima. Rio de Janeiro, José Olympio, 1983.